KB253793

지금 다 걷지 못한 그 길,

산을 걷다

지금 다 걷지 못한 그 길,

산을 걷다

글·사진 조원구

사진가 조원구의 산 이야기

와이겔린

얼마 전 누군가 산이 그렇게 좋으냐고 물었다.
하지만 대답 대신 그냥 웃고 말았다.
나는 내가 산을 얼마나 좋아하는지 모르기 때문이다.

내가 아는 건 산은 이미 나의 일부이며 내 삶을 이루는 한 부분이라는
것이다.
어쩌면 산을 좋아하는 마음의 크기가 아주 작을 수도, 아주 클 수도 있
겠지만 그 크기는 내겐 무의미하다.
산을 높낮이로 평가할 수 없듯이 말이다.

그러자 질문의 내용이 바뀐다.
산의 무엇이 그렇게 좋으냐고.
그러면서 좋은 이유 10가지만 대면 자신도 산에 가겠단다.
하지만, 무엇이 좋은지 물어와도 역시 대답은 궁해진다.

산을 오르내리려면 다리 아프지, 힘들지, 덥지, 춥지, 땀나고 냄새나지,
떨어지거나 미끄러지진 않을까 노심초사에, 습한 날의 눅눅함과 찝찝
함, 오는 비 다 맞아야지, 번개 치면 숨기 바쁘지, 멧돼지나 곰이라도 만

나면 또 어떡할 것인가. 더구나 야간 산행 땐 귀신이라도 나올까 봐 무섭고, 길 잃을까 걱정이 태산이고, 행여 실수로 통제구역에 들어가 단속에 걸리는 날엔 50만 원씩이나 하는 딱지도 끊어야 하고, 혼자 뒤처지면 버리고 갈까 봐 걱정이고 등등. 곰곰 생각해보면 산을 좋아할 이유가 별로 없기 때문이다.

그렇다.
'무엇'이 좋은 것이 아니다.
'산' 그 자체가 좋은 것이다.
'무엇' 때문에 좋아한다면 그 '무엇'이 변해버린다면 어떡하겠는가. 그러니 산이 이러저러해서 좋다는 이야기로 산행을 권유할 수가 없었다. 저렇게 싫어할 이유가 가득한데 말이다. 그리고 어쩌면 내가 좋아하는 이유가 누군가에겐 싫어하는 이유가 될 수도 있기 때문이다.
아무리 몸에 좋은 약도 저 싫으면 그만인데 산행이라는 것이 어디 몇 가지 이유로 될 일인가. 처음에 힘든 건 누구나 마찬가지니 욕심 부리지 않고 조금씩 천천히 견뎌낼 수밖에.

2009년 겨울, 조원구

차례

시작하는 글

1부

**깨어 있기엔
너무 이른**

불암산, 수락산
다시 꿈을 꾸다 —13

지리산
세석평전에 내리는 비 —25

설악산 공룡능선
숙제의 시작 —43

북한산
문수봉에서 달밤에 체조하다 —53

덕유산
동네 뒷산, 향적봉 —65

설악산
가을, 그 안에서 길을 잃고 —73

지리산
황홀한 달빛에 —83

계방산
계방에 내린 겨울 —91

2부
그 햇살이

선운산
황사에 갇힌 —105

화왕산, 관악산, 고래산
반가운 만남과 주행(酒行),
그리고 고래산 시산제 —115

속리산
내겐 너무도 특별한 —129

오대산 노인봉
여름의 시작 —143

금학산
알바의 추억 —민간인들의 산행 —153

북한산
비록 그 길을 다 걷진 못했지만 —169

대야산
궂은 날씨조차 —181

3부

하늘만 이고
걷고 싶은
오늘

관악산
행복한 산행 —196

비슬산
안개에 갇힌 대견봉엔 바람이 산다 —205

대암산
야생화에 취해 길을 잃다 —221

간월산, 신불산, 영축산 종주
아직도 가을은 저물지 않는다 —239

대둔산
지리산 종주가 대둔산 소풍으로 —251

마니산
바다를 달려온 바람은 —263

지리산 백무동
희망은 다시 —269

태백산
모두가 행복하게 하소서 —281

월출산
그 지키지 못한 약속 —289

지리산 화대종주
혼자이면서 혼자가 아니었던 지리산 화대종주,
그 3일의 기억 —첫째 날 —299

지리산 화대종주
혼자이면서 혼자가 아니었던 지리산 화대종주,
그 3일의 기억 —둘째 날 —321

지리산 화대종주
혼자이면서 혼자가 아니었던 지리산 화대종주,
그 3일의 기억 —셋째 날 —335

맺는 글

1부

깨어 있기엔 너무 이른

이 새벽에 문득 사람이 그립다.

깨어 있기엔 너무 이른, 잠들기엔

너무 늦은 이 새벽에.

불 암 산 ,   수 락 산

다시 꿈을 꾸다

밤이다. 다시 밤.
기울었던 달은
올챙이만큼 배가 불렀다.
누가 시키면 절대로 하지 않을
달밤의 체조, 달밤의 산행이런가.

풀 한 포기
나무 한 그루마다의 향기에 취해
온밤 내내
휘적휘적 산을 헤매고
어둠을 지나 하늘로 오르며
이 산, 하늘 어디엔가 있을
나의 꿈을 찾는다.

정말 좋은 날씨
하늘 못지않게 맑은 아침공기
약속시간보다 많이 일찍 도착한 나
준비한 육포로 아침을 대신

약속시간이 넘으면서 한 명이 오고
둘, 셋, 넷, 다섯, 여섯, 일곱, 여덟, 아홉
정말 싫은 코리안 타임
그래도
나와 준 친구들이 많이 반갑고
함께할 산행이 많이 즐겁고

불암에 선다.
먼 지평선 눈시울 붉고
발밑 세상은 빛의 바다
계곡을 솟구친 바람은
내 몸 휘돌아 영혼을 깨우니
영혼은 육체의 속박을 벗어나
지금 이 순간
자유로운 바람이 된다.

수락산
두 번째 클럽 정기산행
오늘 등산로는 한적한 옛길
장락교 지나 우측으로 오르니 길엔 우리 일행뿐
오고가는 사람 없어
호젓하고 희미한 길
구암 약수 지나 한참을 올라
다른 길과 합쳐지자 붐비는 등산로
능선에 오르니
아이스크림 장사, 막걸리 좌판
건너편엔 북한산과 도봉산
발밑은 온통 아파트 밭

누구였지?
"이렇게 많은 아파트, 내 것은 하나도 없네!"

바위를 타고 넘고
앞으로, 앞으로
치마바위에 모여 기념사진
코끼리바위에 올랐다
엉금엉금 기어서 내리니
바로 옆에 편한 길
모두의 원망 섞인 눈길 애써 외면하는데
누군가
"이건 완전 유격이네요."
장갑도 없이 밧줄과 바위를 타고
지팡이도 가뭄에 콩 나듯

그렇다고 갈 길을 못 갈쏘냐.
씩씩하게 운행하여 어느덧 620고지
5분여 걸어 정상 바로 밑
흙먼지 날리는 미끄러운 오르막
그리고
정상

북적거리는 인파
사진도 찍는 둥 마는 둥
다시 내려와
좋은 자리에 둘러 앉아 다 함께 식사

여럿이 나누는 도시락은 맛나고
여럿이 건네는 마음도 정겹고

식사 끝, 하산 시작
탁 트인 전경과 시원한 바람 안고
조심조심 바위를 다시 타고
좁은 바위 길
올라오며 지나치는 사람들
모두가 힘들다 구시렁구시렁

내려선 계곡엔 물 대신 사람들로 넘치고
아침에 모인 장소 도착하니
어느새 중천을 지난 태양
산행을 끝냈어도
가슴엔 여전히 수락산이 한가득
늘 그렇듯
오늘도 행복한 산행.

세석평전에 내리는 비

차가운 어둠의 뒤
미명의 새벽 안으로
지혜의 산을 찾는다.

이 세상을 숨쉬는
일체의 구속과 肉體로부터
완벽히 剝離된 영혼을 꿈꾸며!

꿈이었기를.
그날, 그 하늘 아래.
길 위에 가득했던 그 햇볕들 모두 꿈이었기를.
어둠을 지나 새벽을 만나던 그 노고단의 운해도 꿈이었기를.
반야봉 넘어 아스라이 내달린 능선 마지막에 솟은 그 천왕의 모습도 모두 꿈이었기를.

꽃이 진 자리에 다시 꽃이 피고
채 스러지지 않은 계절의 흔적 위로 다시 계절이 쌓이듯
시간은 사라지지 않고 그저 잊혀 내 가슴속 깊이 꿈처럼 아련한데
다시 얼마나 많은 시간을 추억이란 이름으로 이 가슴에 묻어야 할까.

노고단고개

여름의 끝에서 가을로
아스라이 굽이친 저 눈물 나게 아득한 지리의 마루금처럼
이 길 위에서 지나친 모든 것들이
기억에 묻혀 사라질 여름 한낮의 꿈이었기를 바랄 뿐이다.

이 삶이 그저
한 톨 먼지보다
가벼운 꿈일 수 있기를.

한동안 찾지 못했던 지리산. 오랜만의 산행에 클럽 후배가 동행을 청해 더욱 즐거우리라 기대했는데, 많은 비가 내린다는 일기예보 때문인지 출발 전부터 여기저기서 걱정의 소리가 들렸다. 하지만, 오래전부터 별렀던 산행이라 확실하지 않은 일기예보에 물러설 수는 없었다. 그렇다고 무리하면서까지 위험한 산행을 할 생각은 갖고 있지 않았기에, 만약 일기예보대로 산행이 힘들 정도로 비가 내린다면, 그 즉시 산행을 포기하고 안전하게 탈출하기로 스스로에게 약속하고 집을 나섰다.

약속장소에서 만난 클럽 후배. 서로가 첫 만남이었는데 인사를 나누고 나서 녀석이 고개를 갸웃거렸다. 온라인에서 보던 사진과는 다르다면서 내가 생각보다 젊어 보인다나? 턱수염을 짧게 하고 다니면서부터 자주 듣는 얘기지만, 그렇지 않더라도 난 충분히 젊다고 녀석에게 한마디 했다. 하지만, 녀석은 나이만큼이나 젊어 보인다. 아니, 어리다고 해야 하나? 키까지 훤칠하고 외모 또한 준수(?)해서, 옆에 있기가 꺼림칙하다. 하지만, 그런 내색은 하지 않고 무척이나 반가운 척(?)했다.

약속시간을 조금 넘겨 출발한 버스는 양재와 죽전, 신갈 정류장에서 일행들을 태우고 뱀사골로 향했다. 피곤한 몸을 의자에 깊숙이 묻는다. 하지만, 불편한 좌석은 잠시도 나를 가만두지 않고 뒤척이게 만들어 쉽게 잠을 이루지 못하게 했다. 이런 상태를 비몽사몽이라 했던가! 그렇게 밤을 달려 뱀사골 입구의 반선에 도착해 묻혀 있던 좌석에서 겨우 일어나, 차가운 새벽바람 속에서 온몸에 묻어 있던 졸음을 털어낸다. 시커멓게 구름 덮인 하늘엔 별 하나 보이지 않고, 축축하고 끈적한 바람이 얼굴에 닿는다. 아무래도 비는 내릴 것만 같다. 언제 시작될지 알 수 없지만, 부디 많은 비가 아니길 바랄 뿐이다. 일행 모두가 식사를 끝낸 시간이 새벽 3시. 나도 컵라면 하나 비우고 다시 버스에 올라 성삼재로 향한다.

성삼재를 앞두고, 산행 중에 비가 많이 내리면 장터목에서 하산하라는 대장님의 당부가 있었다. 하지만, 벽소령 못 미처 비가 쏟아진다면, 벽소령에서 음정으로 탈출하자고 후배와는 따로 약속을 했다. 일기예보 대로라면 비는 연하천 대피소에 닿을 때쯤 내릴 듯한데, 그렇다면 무리해서 굳이 장터목까지 갈 이유가 없기 때문이다. 물론, 벽소령을 지나 세석 대피소에서, 거림이나 백무동으로 탈출할 수도 있겠지만, 벽소령에서 세석까지도 만만치 않은 구간이라 탈출지점을 벽소령으로 정한 것이다. 하지만, 그 약속을 지키지 않아도 될 수 있기를 바라며 3시 20분, 눅눅한 바람을 안고 천왕봉을 향해 출발한다.

'과연 잘 갈 수 있을까?' 하던 걱정은 기우에 불과했다. 출발 전에 그렇게 엄살을 떨던 후배는, 그 긴 다리로 성큼성큼, 짧은 나를 주눅 들게 하는 것이, 오히려 날 떼어놓고 혼자 먼저 가진 않을까 걱정마저 들게 할 정도였다. 아무래도 녀석은 괜한 엄살을 떨었던 것 같다. 성삼재를 출발해 무박으로 천왕봉에 올라 중산리로 내려가려면, 최소한 연하천 대피소까지는 네 시간, 세석 대피소에는 일곱 시간 삼십 분 안에 도착해야 한다. 그래야 천왕봉에 올랐다가 중산리까지 늦지 않게 내려갈 수 있는 것이다. 녀석의 엄살과는 달리, 지금의 속도라면 충분히 가능할 것 같은데, 과연 비가 얼마나, 어떻게 내릴지가 걱정이다.

노고단을 넘어 임걸령, 드디어 하늘은 비를 뿌리기 시작했다. 염려할 정도는 아니었지만, 임걸령 샘에서 물통을 채운 후, 방수재킷을 입고 배낭엔 커버를 씌웠다.

오늘 배낭엔 비상약품, 물 두 병, 그리고 행동식으로 육포 한 줌과 몇 주째 배낭에 들어 있는 초코바 3개가 전부다. 배낭을 가볍게 한다고 우비도 빼놓고, 도시락은 아예 가져올 생각조차 하지 않았는데, 어깨를 누르는 배낭의 무게는 비를 걱정하는 근심을 더해 평소와 다름없이 무겁기만 하다.

노루목을 넘어 삼도봉에 닿았다. 전라남도와 전라북도, 그리고 경상남도, 이렇게 세 개의 도가 만나는 삼도봉에서는 한 걸음만으로 세 개 도를 넘나들 수 있어, 스틱은 전라북도를 짚고, 두 발은 각각 전라남도와 경상남도를 딛는, 한 몸이 세 개 도에 동시에 있을 수 있는 재미있는 경험을 하기도 하는 곳이다. 하지만, 오늘은 회색빛으로 어둡게 내려앉은 하늘 아래 비와 안개에 젖은 바람이 차가워 후배와 사진 한 장씩 찍고는 서둘러 걸음을 옮긴다.

화개재에서 걸음을 재촉해 토끼봉에 올랐다. 그런데 한참을 기다려도 보이지 않던 후배의 모습. 성삼재를 지난 후 처음 만나는 힘든 구간이어선지, 어느새 뒤처진 녀석은 보이지 않았다. 이러다가는 아무래도 함께 천왕봉에 오르지 못할 것 같아 먼저 갈까 생각도 했지만, 천왕봉에 오르지 못한다 해도 함께 걷는 즐거움이 크기에 조금씩 허기지는 배를 초코바 한 개로 달래며 녀석을 기다리기로 했다.

임걸령 운해

이윽고 도착한 후배. 그리고 녀석의 힘겨움이 묻어나던 얼굴! 내가 내민 초코바 한 개를 받은 후배는 내 마음을 읽은 듯, 아무래도 천왕봉까지는 함께 가지 못할 것 같다며, 도리어 김밥 한 줄과 초코파이 하나를 내게 건네면서 먼저 가라고 했다. 마음이 통했던 걸까? 하지만, 나 역시 빗속에서는 무리하고 싶지 않으니 함께 천천히 가자고 했지만, 녀석은 부담을 주기 싫다고 손사래까지 친다. 늦는 걸음이 미안한 모양이라 생각했는데, 나중에 들은 얘기로는 녀석은 이미 삼도봉부터 힘들어지기 시작했단다.

함께 운행하려고 기다리는 내 등을 녀석은 자꾸만 떠민다. 고맙기도 하고, 미안하기도 하고. 하지만, 오랜 쉼으로 굳어진 몸에 추위까지 더해져, 연하천에서 다시 만나기로 하고 녀석의 바람대로 먼저 토끼봉을 출발한다.

비는 여전히 조금씩 흩뿌리는 정도였지만, 조금이라도 걸음을 멈추면, 5분도 견디기 힘들 만큼 추워져 쉴 수가 없었다. 쉴 수 없으니 계속 걸을 수밖에. 재킷을 비와 땀으로 흠뻑 적신 채 마냥 걷고 걸었다. 아침으로 먹은 컵라면은 기억조차 가물가물 사라진 지 오래, 배고픔으로 쓰린 속이 아파올 때쯤 연하천 대피소에 도착했다. 비 오고 추운 날인데도 대피소엔 많은 사람으로 발 디딜 틈 없었다. 취사장은 물론, 밖에 있는 테이블까지 빗속에서 아침식사를 하는 사람들로 만원이었다. 비를 피하며 여유롭게 쉬고자 했던 마음은 그저 난감할 뿐이었다.

이곳저곳 살피며 자리가 나길 기다린 지 한참. 정말 엉덩이 한 번 붙이기 힘들다고 속으로 투덜거리는데, 대피소 한쪽 처마 밑에 앉은 두 명이 배낭을 꾸리며 일어섰다. 처마 밑은 약간 경사가 졌고 넓진 않았지만, 그래도 혼자는 앉을 만한 것 같아 재빨리 옆에 가 섰다. 생각대로였다. 좁긴 했어도 혼자라서 크게 불편하지는 않았고, 다행히 그럭저럭 비도 피할 수 있었다.

그런데 뭘 먹지? 배낭엔 김밥 한 줄, 초코파이와 초코바가 각각 한 개, 그리고 육포 한 줌이 전부. 고르고 자시고 할 것도 없었다. 망설임 없이 김밥을 집어든 배고픔. 하지만, 세석에서는 어떻게 하겠냐며 김밥을 내려놓으라고 머리가 배고픔의 손을 가로막는다. 이런, 김밥 한 줄도 마음 편히 먹을 수가 없다니! 그렇다. 벽소령에서 내려가지 않고 세석까지 갈 경우를 대비해 점심으로 김밥을 남겨 놓으라, 머리가 배고픔을 달랜다. 대피소 마다 있는 매점도 지갑마저 놓고 온 내겐 그림의 떡이니, 어떻게 든 배낭에 있는 것만으로 해결해야만 했다. 어쩔 수 없이 김밥 대신 꺼 낸 차가운 육포. 그러나 그마저도 겨우 한 줌이나 됐을까?

육포를 씹는 내내, 라면을 끓여 식사를 하는 사람들이 얼마나 부럽던 지! 애써 외면하려 해도 김이 모락모락 피어나는 라면에서 내 눈은 떠날 줄을 몰랐다. 아! 남들 먹는 모습에 그저 입맛 다시며, 대피소 처마 밑에 쪼그려 앉아 차가운 육포 몇 개를 아침이라고 씹고 있던 그 처량함이 란…….

후배가 연하천으로 내려선다. 더욱 지쳐 보이는 걸음. 괜찮으냐는 내 물음에 녀석이 웃는다. 안타깝지만 대신 걸어줄 수도, 대신 힘들어해 줄 수도 없다. 어떤 힘겨움도 혼자 견딜 수밖에, 이겨내거나 포기하거나 모 두 자신의 몫인 것이다. 무리하지 않고 천천히, 그리고 비가 많이 올 경

우 약속대로 벽소령에서 탈출하겠다는 다짐을 다시 나누고, 이번에도 먼저 걸음을 옮긴다.

벽소령 대피소. 연하천과는 달리 사람은커녕 그림자조차 보이지 않고, 대피소 마당엔 비에 젖은 바람만이 흘렀다. 여전히 엷게 분무하듯 흩어지던 비. 차가운 안개에 덮인, 바람마저 숨죽인 고요 속에 나 홀로 외롭다. 세상에 남은 것은 오직 나 하나뿐인 듯했다.

외로움이 싫어 맺은 관계들. 그러나 그 만남들 속에서조차 사라지지 않고 더욱 커지던 외로움. 외로움은 천형이었다. 사람과 사람 사이를 부유할 뿐, 수많은 관계 속에서도 누구나 홀로 떠 있는 섬처럼 외로울 수밖에 없다. 외로워서 맺은 관계들로 더욱 외로울 수밖에 없는 우리들. 외로움은 무엇, 또는 누군가에 의해 사라질 수 없는, 내 안에 있는 나의 또 다른 모습일 뿐이다.

그렇다. 그렇기에 외로움은 이기거나 견뎌내야 할 것이 아니다. 어쩌면 우리는 더 외로워야 할 것이다. 더욱 큰 외로움으로 아파해야만 할 것이다. 배고팠던 사람만이 배고픔을 이해하고, 아픈 사람이 아픔을 이해하듯, 외로움이 커질수록 따뜻한 가슴은 더욱 깊어질 것이다. 외로움이 깊어 아픈 가슴은, 타인의 아픔을 비로소 따뜻하게 안아줄 수 있을 것이다.

이해하고 배려하고 더욱더 사랑할 수만 있다면 얼마든지 외로워하자. 너와 나, 우리 모두가 따뜻한 가슴을 나눌 수만 있다면 얼마든지 외로워하자. 외로움은 마음과 마음이 소통하는, 우리가 사람답게 살 수 있는 길일 테니까!

홀로 걷는 능선엔 늘 외로움이 함께했다. 하지만, 그 순간들 또한 내겐 행복이었다. 그 깊은 외로움들은 나를 다시 깨어나게 했고, 내 안의 사랑을 북돋아 주었다. 세상에 오직 나 하나뿐인 듯 외로운 지금, 그래도 나는 행복에 겹다.

잠시 쉬어갈까 머뭇거리던 걸음은, 추위와 배고픔에 멈추지 않고 세석으로 향한다.

갑자기 쏟아지는 폭우. 벽소령 대피소에서 40분 정도 운행했을까? 피할 곳도, 피할 겨를도 없이 순식간에 물에 빠진 생쥐 꼴이다.

'에구, 벽소령으로 돌아갈 수도 없고……'

길을 막아서는 거친 폭우. 진퇴양난이다. 배낭에 커버를 씌웠어도 쏟아지는 비에는 도리가 없다. 어느새 흠뻑 젖은 배낭은 등에 붙어 버렸고, 젖은 바지를 타고 흘러내린 빗물에 등산화는 물론 양말까지 다 젖어 버렸다. 이미 벽소령으로 돌아가기에도 너무 멀리 와버린 걸음. 할 수 없다. 돌아갈 수가 없다면 계속 앞으로 나아갈 수밖에. 하산을 하기 위해서라도 세석까지 가야 하기에 그저 비가 멈추길 바라는 마음으로 걸음을 옮길 뿐이다.

'아~ 따뜻한 집이 그립다.'

퍼붓는 비를 뚫고 봉우리를 넘고 또 넘어 드디어 영신봉에 올랐다. 멀리 보이는 세석 대피소. 반가운 마음에 코끝이 다 찡하다.

드디어 도착한 세석 대피소. 무사히 도착했다는 안도감에 긴장이 풀리면서 찾아온 추위에, 견디기 힘들었던 배고픔이 배낭을 뒤지게 했다. 토끼봉에서 후배가 준 김밥을 찾는 짧은 시간에도 온몸을 사시나무 떨듯 떨었다. 방수재킷의 빗물을 털어내고 지퍼를 목까지 채운다. 하지만, 젖은 옷으로 맞는 바람에 체온은 더욱 떨어져 몸의 떨림은 멈출 줄 모른다.

세석에 도착하자마자 취사장으로 들어갔어야 했다. 힘겹게 걸어오면서 흘린 땀이 식기 전에 바람을 피해야만 했다. 하지만, 젖은 옷을 갈아입을 수도 없었으면서 생각 없이 바람을 맞으며 차가운 김밥을 먹은 것이 잘못이었다. 겁이 난다. 한여름에도 얼어 죽는다더니 꼭 지금이 그런 경우이지 싶다. 갈아입을 옷은 버스에 있다. 옷을 말릴 수도 없다. 점점 더 심해지는 바람, 그리고 추위. 서둘러 바람을 피해 취사장으로 들어간다.

낯익은 얼굴이 보인다. 산머루 정 대장님이다. 반가운 마음으로 식사는 하셨냐는 내 인사에 라면을 한 그릇 끓여 드셨단다.

'아, 라면! 왜 진즉에 취사장으로 들어올 생각을 하지 못했을까.'

이를 부딪칠 만큼 덜덜 떠는 내게 정 대장님이 마가목주 한 병을 건넸다. 어찌나 고맙던지. 그러나 몇 잔을 연거푸 마셔도 추위는 가실 줄 몰라, 대장님의 스토브와 쿡 세트를 빌려 물을 끓여 마시기를 다시 여러 컵. 그제야 조금씩 속이 따뜻해지며 떨림이 차차 가라앉았다. 하지만, 떨림은 잦아들었어도 쉽게 가시지 않는 추위에, 작은 스토브의 불꽃 옆에서 떠날 수가 없었다.

이제는 천왕봉은 물론이고, 장터목까지의 운행도 힘들 듯하다. 처음의 계획은 장터목까지 가서 천왕봉을 다녀와 백무동으로 하산하는 것이었지만, 지금은 천왕봉은커녕, 장터목까지도 갈 엄두가 나지 않는다. 비가 내리건 그치건, 무조건 백무동으로의 하산을 마음먹는다.

세석에서 백무동으로 내려가자면 한신계곡으로 내려가야 한다. 하지

고양이의 눈을 닮은 털괭이눈. 우리나라 남부지방에 자생한다.

만, 비가 많이 내려서 한신계곡으로의 하산은 매우 위험하다 하니 어찌
할까 걱정이다. 그렇다고 거림으로 내려가자니, 한신계곡보다는 수월하
다 해도 방향이 정반대편이라 그쪽은 내려가고 나서도 문제다. 이러다
가 비가 그치지 않는다면 장터목까지 가야 하는 것은 아닌지 모르겠다.
지금의 몸 상태로는 장터목도, 거림도, 영 자신이 없으니 제발 비가 그
치길 목 빼고 기다릴 수밖에.

벽소령에서 내려가기로 한 약속은 역시 무리였을까? 몇 시간이 지나
도 나타나지 않아, 벽소령에서 내려가기로 한 약속을 지킨 것이라 믿었
던 후배가 취사장으로 들어온다. 역시 흠뻑 젖은 모습. 녀석은 도착하자
마자 인사도 하는 둥 마는 둥, 서둘러 식사부터 한다. 얼마나 배가 고플
지 짐작이 가고도 남았다.

녀석은 약속을 지키지 않았다. 분명 벽소령에 도착하기 전에 비가 내
렸을 텐데 세석까지 온 것이다. 하지만, 그 마음 또한 이해가 갔다. 어찌
쉽게 포기하고 내려갈 수 있었겠는가! 그래도 무사히 와줘서 고마울 뿐
이었다. 식사를 마친 녀석은 나보고 왜 천왕봉으로 가지 않았느냐고 묻
는다. 그 물음에 산이 어디 이사 갈 것도 아닌데, 오늘만 날이냐고 그냥
한 번 웃어주고 말았다.

거센 빗줄기도 많이 약해졌다. 조금씩 밝아오는 하늘. 날이 개려는지
두껍게 내려앉았던 구름도 촛대봉 너머로 사라진다.

배낭을 챙겨 밖으로 나섰다. 백무동으로 향하는 한신계곡의 중간 어
디쯤, 옅게 흩어지던 비조차 드디어 그치고 나뭇잎 사이로 간간히 내리
는 햇볕, 다행이다. 몇 시간을 추위에 떨던 몸은 마치 뭔가에 흠씬 두들

겨 맞은 듯 안 아픈 곳이 없었는데, 구름 사이로 얼굴을 내민 태양이 따뜻하게 나를 안아준다.

백무동으로 이어지는 한신계곡은 아픔을 잊게 할 정도로 정말 아름다웠다. 계곡을 굽이굽이 흐르는 물과 바람, 따뜻한 햇볕으로 가득했던 숲을 지나며 가슴은, 오히려 한신계곡으로 나를 내려가도록 만든 비에 고마워하고 있었다. 새옹지마라 했던가! 천왕봉을 갈 수 없었기에 만나게 된 한신계곡. 그 아름다운 풍광이 아직도 나를 행복하게 한다.

백무동에 내려서며 산행이 끝났다. 다시 찾아오는 배고픔. 하지만, 식사보다는 씻고서 뽀송뽀송한 옷으로 갈아입고픈 생각만이 간절해, 산악회에서 예약해 놓은 식당에서 샤워부터 한다. 어찌나 개운하던지! 날아갈 것 같다는 말은 이럴 때 쓰는 것이리라.

후배 녀석이 식당에 도착했다고 전화를 했다. 하산할 때 한쪽 다리가 조금 불편하다며 천천히 가겠다고 해서 먼저 왔는데, 무사히 내려온 모양이다. 다행이다. 버스에서 배낭을 정리하던 중이라 먼저 씻으라 하고 천천히 식당으로 향한다.

식사는 산채비빔밥. 밥맛이 꿀맛이다. 거기에 파전 한 장과 막걸리 한 병. 산행의 피로는 가볍게 사라진다. 세석에서 추위와 배고픔으로 떨던 모습이 언제였나 싶다. 하지만, 그 힘겨움은 늘 그렇듯 즐거움이 되어 가슴에 남을 것이다.

사람들은 묻는다. 산행이 힘들지 않느냐고, 그 힘겨운 산행을 왜 하느냐고! 물론 누구나 그렇듯 나 역시 힘겨운 것은 사실이다. 하지만, 그 힘

겨움이 다시 산으로 나를 이끄는
즐거움이자 그리움이라고 대답
하곤 한다. 산을 올라 정상에 서
는 것이 목적이 아니라, 그 힘겨움
속에서 스스로를 발견하고 알아감이, 내 가슴과 소
통하며 내 본질에 조금씩 다가가는 그 순간들이 행
복하다고 얘기하곤 하는 것이다. 그렇다. 그래
서 나는 행복하다. 그래서 행복하기
위해 나는 산을 오르는 것
이다.

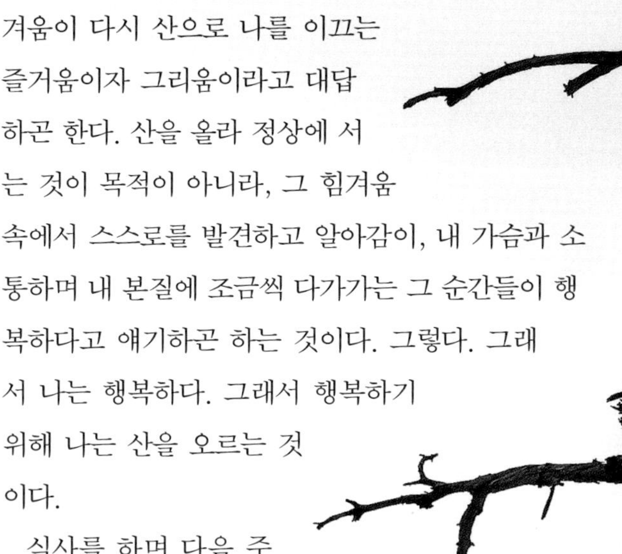

　식사를 하며 다음 주
설악산 공룡능선을 함께
걷자 하니, 고개를 설레설레 젓는 후
배의 얼굴에 기분 좋은 웃음이 가득하다.
　많은 시간을 함께 걷진 못했다. 비로 인해
예정대로의 운행도 아니었다. 하지만, 후
배와의 첫 산행은 추위와 배고픔에 떨었던
기억들 마저도, 모두 행복하게 기억되리라.

설 악 산   공 룡 능 선
숙제의 시작

얼마를 혼자 걸었던 것일까?

잠시 멈춰 사방을 둘러본다.

헤드램프의 불빛조차 짙은 안개에 가려 제구실을 하지 못한 지 오래다.

지나온 길도, 가야 할 길도 안개 속에 갇혀 버렸다.

헤드램프를 끄고, 누군가의 인기척이라도 들릴까 가만히 귀를 기울여 보지만, 까맣게 나를 가둔 어둠의 침묵 속에서 들리는 것이라곤, 낮은 내 숨소리가 전부.

문득, 이 안개에 영원히 갇히진 않을까 하는 서늘한 상상에 뒷덜미가 조금은 서늘해진다.

끝청을 넘는다.

저만치 앞에서 어른거리는 두 개의 불빛.

먼저 출발한 다른 산악회 사람들이다.

반가운 마음이 건네는 인사에 기운이 넘친다.

두 사람을 지나쳐 먼저 끝청에 올랐지만, 잠시 기다려 사진 한 장을 부탁한다.

끝청에서 대청봉까지는 채 1시간이 걸리지 않는다.

처음 계획보다 그리 나쁘지 않은 시간에 끝청에 오른 것이다.

모두 후배의 배려(?) 때문이다.

기다리지 말고 혼자 먼저 가라는 말로 나를 놓아주었기 때문이다.

물론, 후배가 걱정은 되었지만, 녀석의 산행능력은 내 걱정을 상쇄하고도 남을 것이기에, 걱정보다는 미안한 마음이 앞섰다.

끝청 갈림길.

멀리 대청봉에서 내려오는 사람들의 헤드램프가 점점이 이어져 중청 대피소로 향한다. 마치 반딧불이들 같다. 중청 대피소에서 데크바닥에 누워 잠깐 눈을 붙였다.

배고프다. 아침을 먹을까 고민 고민.

하지만, 아침은 희운각에서 먹기로 하고 중청 대피소를 나선다.

소청봉.

어둠 속에서 깨어나는 설악의 아침이 경이롭다.

소청에 서서, 여명의 붉은 운무에 취한 설악을 가슴에 담는다.

희운각 대피소.

대피소에 내려서는데 후배에게 걸려온 전화.

중청 대피소에서 아침을 먹는단다.

대화 도중에 전화가 끊겼지만 무사히 중청에 도착한 것을 알았으니 다행이다. 역시 대단한 녀석. 더 이상 배고픔을 참을 수 없어, 대피소 앞 테이블 하나를 차지하고 앉아 아침을 먹는다.

춥다. 너무 오래 앉아 있었다.

차가운 김밥, 찬물, 거기다 차가운 계곡물에 탁족까지 했으니…….

서둘러 재킷을 꺼내 입었지만 조금 늦은 것일까!

몸의 떨림이 멈추질 않는다.

희운각 대피소에서 종이컵 한 잔 가득 2,000원에 파는 뜨거운 꿀차를 한 잔 마신다.

다행히 속이 따뜻해지면서 몸의 떨림이 조금은 멈추는 듯하다.

하지만, 그것도 잠시뿐.

공룡능선에서 바라본 속초, 달마봉, 권금성, 화채능선

여전히 추위는 가시지 않아 계속 움직이며 몸을 따뜻하게 하려고 애쓰는데, 저만치서 희운각으로 내려오는 후배가 보인다.
서둘러 내려온 모양이다. 역시 내려가는 건 타의 추종을 불허하는 후배.

대피소 마당으로 씩씩하게 들어서는 후배에게 서북능선에서는 힘들지 않았느냐고 묻자, 안개 때문에 길 찾는데 애를 좀 먹었다고 한다.
그러면서 잠깐 함께 걷던 한 아저씨가 여자 혼자 남겨두고 가는 남자친구랑은 더 이상 만나지 말라고 했다며 깔깔거린다.
그분이 나를 남자친구로 오해했던 모양이다.
다행이다. 남자친구가 아니니, 앞으로 계속 함께 산행해도 되지 않겠는가!

희운각 대피소를 지나 언덕을 오르면 작은 전망대가 있다. 무너미고개다.
이곳에서 천불동과 공룡능선으로 길이 나뉜다.
오른쪽으로 가면 늘 다니던 천불동계곡.
하지만, 오늘은 왼쪽 공룡능선으로 향한다. 후배의 얼굴에 기대가 가득
하다. 나 역시 기대 반, 걱정 반. 서로 조심하자고 다짐하며 드디어 공룡
으로 향한다.

공룡능선. 능선을 이루는 온갖 기암괴석.
좌우로 펼쳐진 용아장성, 서북능선, 화채능선, 천화대능선의 가슴 저릿
한 장관.

마등령에서 내려다보이는 울산바위의 늠름함과 달마
봉의 부드러움.
그리고 그 너머로 펼쳐진 동해.
말로는 결코 설명할 수 없는 공룡능선의 황홀함에 취
해 꿈속을 헤맨 듯, 나는 어느새 비선대에 내렸다.

비선대.
꿈이었을까.
그러나 꿈이 아니었다고 두 다리는 뜨겁게 얘기하는데,
여전히 몽롱한 꿈을 꾸듯 내 눈엔 공룡의 능선이 아른
거린다.
따뜻한 바위에 앉아 뜨거운 두 발을 차가운 물로 달래
며 다시 공룡을 돌아보았다.

산은 길을 품고, 길은 나를 이끈다.
고요히 지켜선 설악이 다시 손을 내민다.
이 길은 어디로 향하는 것일까?
이 길 위에서 나는 무엇을 찾는 것일까!

가만히 생각하니, 숙제를 끝낸 것이 아니라,
숙제는 이제 겨우 시작일 뿐이었다.

설악산 운해

북 한 산
문수봉에서 달밤에
체 조 하 다

약속 장소는 독바위역. 도착할 즈음, 후배가 먼저 와서 기다린다며 문자를 보내왔다. 녀석, 일찍 온 모양이다. 시간은 이제 막 오후 8시를 넘겼다. 5분쯤 늦었을까? 보자마자 녀석은 배고프다고 밥부터 먹잖다. 이미 저녁 시간을 넘겨 배고프긴 나도 마찬가지, 더구나 밤새 걸으려면 든든하게 먹어둬서 나쁠 건 없다. 뜨끈한 순댓국에 반주 몇 잔으로 속을 채우고, 9시를 넘겨 쪽두리봉을 향해 출발한다. 오늘 코스는 발길 닿는 대로 걸을 것이다. 캄캄한 하늘엔 구름이 드문드문, 그사이로 점점이 별이 보이고 바람은 따스하게 인다.

몇 개의 골목을 돌아 마을을 벗어나자, 골목을 빠져나온 길은 낮은 계단을 타고 산으로 든다. 작은 언덕의 한쪽 어둠 속, 탐방안내소가 오늘도 외롭게 길을 지키며 서 있다. 안내소 옆으로 난 길을 따라 숲을 빠져나오자, 발밑으로 펼쳐지는 눈부신 서울의 불빛. 모처럼 들고 온 카메라에 화려하게 빛나는 서울의 모습을 담고, 다시 어둠 속 길을 더듬어 드디어 산을 오른다. 식사를 하던 식당의 아주머니들과, 산으로 들기 전 우리에게 길을 알려주시던 가게의 아주머니께서 하시던 말씀이 떠오른다.

"어유, 이 밤중에 산엘 가요? 그러다 호랭이라도 나오면 어쩌려고."

두 청년을 걱정해주시던 마음에 앞을 막아서던 어둠조차 비켜서는 듯했다. 오늘은 답사로 나선 산행. 하지만, 답사를 핑계로 나선 오랜만의 달밤산행이 마음을 가볍게 하는데, 이러다가 갈림길마다 표시 리본을 달아달라는 클럽 후배의 부탁을 제대로 들어줄 수 있을런지 모르겠다.

쪽두리봉. 나무 한 그루, 풀 한 포기 없는 바위 봉우리다. 혼자서는 안 되고, 동행이 있어야 올라갈 수 있다는 안내판이 목책을 거느리고 서서 앞을 막는다. 더구나 어두울 때는 올라가지 말라는 경고 문구가 램프의 불빛을 받아 번뜩였지만, 후배가 부탁한 대로 표시 리본을 손에 쥐고 조심조심 쪽두리봉에 올라 뒤쪽을 살핀다. 어둠 속에서 길을 찾기가 어디 쉽던가. 그래도 뒤쪽으로 내려가는 길이 있다기에 살펴보는데, 어두워서 그런지, 경사가 거의 절벽 수준이다. 대낮에도 내려갈 수 있을까 의심스러울 정도로 위험해 보여, 길 찾기를 단념하고 올라온 곳으로 되돌아 내려가기로 한다. 산이 길을 내어주지 않는데 억지를 부린다고 없는 길이 생기진 않을 터. 늘 조심하고, 또 조심할 수밖에. 더구나, 우리 '산이 꾸는 꿈'의 모토가 뭐였던가.

'안전산행'

그렇다. 낮에도 위험한 길을 밤에 갈 이유는 전혀 없었다. 쥐고 있던 표시 리본은 도로 주머니에 넣고, 쪽두리봉 위에서 배낭을 깔고 앉아, 도심의 황홀한 야경을 바라보며 시원한 맥주 한 캔씩을 비우니, 뜨거운 여름밤의 열기도 산정에 흐르는 바람에 조용히 식는다.

안내판이 있는 곳으로 돌아와 향로봉으로 방향을 잡았다. 향로봉을 향한 길은 안내판에서도 다시 한참을 내려갔고, 내려간 만큼에 그만큼을 더해 숨이 턱에 찰 때쯤 겨우 향로봉 앞에 섰다. 그런데 이번에도 역시 오르지 말라는 경고문과 함께 목책이 앞을 가로막았다. 잠시 숨을 돌리고 어떡하면 좋겠느냔 표정으로 후배를 쳐다보니 이 녀석, 눈만 말똥말똥 거릴 뿐 아무 말도 하지 않는다. 오르지 말고 우회했으면 하는 표정, 말 그대로 이심전심이다. 위험해서 올라가면 안 된다고 스스로에게 변명하듯 향로봉을 다시 한 번 올려다보고, 입맛 한 번 다시고, 오른쪽 산허리를 돌아 비봉으로 간다. 오늘은 그저 쉬엄쉬엄 걸어야 할 모양이다.

신라 진흥왕 순수비가 정상에 서 있는 비봉. 역시 바위로 이루어진 봉우리다. 비봉에 올랐다. 비봉을 오르면서 불암산의 정상과 난이도가 비슷하다는걸 느꼈다. 하지만, 정상 조금 못 미친 지점의 턱과 경사는 웬만해서는 통과하기가 쉽지 않았는데, 올라선 후에 생각하니 아무래도 우리가 오르지 말라는 안내판을 못 보고 지나친 듯했다. 만약 안내판이 있었고, 그 안내판을 봤다면 우린 오르지 않았을까? 어찌됐건, 이번에는 다행히도 무사히 올랐다. 그러나 다음부터는 좀 더 주위를 세심하게 살펴야겠다.

비봉에서 바라본 도시의 불빛은 쪽두리봉과는 또 다른 모습이다. 더구나 비록 복제품이긴 해도 도시의 야경을 배경으로 검은 하늘을 이고 서 있는 진흥왕 순수비의 모습은 경이롭기까지 하다.

좋은 바람. 배낭을 내려놓고 후배가 가져온 작은 냉장팩에서 다시 차가운 맥주 한 캔씩 꺼내 들자 문득, '신선이 따로 있나? 지금 우리가 신선이지!' 하는 생각이 들 만큼 누구도 부럽지 않았다. 목적지를 정해 놓은 것도 아니고, 시간을 정해 놓은 것도 아니었으니, 이 생각 저 생각을 하며 후배와 수다도 떨면서 한참을 앉아 있었는데, 나중엔 엉덩이에 감각이 없는 것이 그대로 바위가 되면 어쩌나 싶었다. 그때 걸려온 다른 후배의 전화. 함께 산행을 하려 했지만 시간이 맞지 않아 아쉬워했던 녀석이다. 집에 가는 중이라며 어디냐고 묻기에,

북한산 비봉 아래로 내려다보이는 도시의 불빛.

"어디긴 어디야, 비봉에 앉아 신선놀음 하고 있지. 네가 탄 전철도 저
기 보인다. 어디 손 한 번 흔들어 봐라. 사진 한 장 찍어줄게."

부러워하는 녀석을 잔뜩 약 올려 주고 일어나 사모바위를 향해 걸음
을 옮긴다. 다행히 비봉 뒤쪽의 길은 앞쪽에 비하면 매우 수월해, 어둠
속에서도 별 어려움 없이 비봉을 내려간다.

밤이라서 그랬던 것일까? 사모바위는 너무나 거대했다. 나를 내려다보

는 그 위용에 압도당해 숨조차 제대로 쉬기 힘들 정도였는데, 사모바위 아래를 지날 때는 온몸이 찌릿찌릿한 것이 오금이 저리고 뒷덜미까지 서늘했다. 산의 기운을 이처럼 강하게 느낀 적이 얼마나 있었던가! 한참을 지나온 지금도 호랑이가 쫓듯 여전히 서늘한 기운이 내 걸음을 쫓는다.

어둠에 잠긴 산. 사모바위를 지난 능선은 승가봉을 넘어 어둠 속으로 사라지는데, 저 아래 먼 도시가 내뿜는 화려한 빛은, 일상의 고단함을 뉘일 수 있는 어둠조차 허락하지 않는다. 모두가 잠들 이 시간에도 도시는 결코 잠들지 않는다. 잠들지 못하기에 꿈꾸지 못하는 도시, 저 도시의 무심한 일상에는 그 어떤 감동도 없다. 이 어둠이 지나면 나는 그런 도시로 다시 돌아가야 한다. 답답해져 오는 가슴, 그렇지만 아직 맥주는 남았고, 아침은 오지 않았다. 비록, 곧 스러질 어둠이지만, 산에 안겨 산을 꿈꿀 수 있는 지금이 그저 행복할 뿐이다. 아침이 멀지 않았다. 시간은 벌써 새벽을 지났다. 서두르면 백운대까지 갈 수 있을 듯하지만, 마음은 천천히 가자 한다. 백운대에서 만나고자 했던 아침이 조금 아쉽긴 해도, 늘 아쉬움은 남기 마련. 남은 아쉬움은 나중의 기쁨을 위해 오늘 이곳에 남겨두기로 한다.

승가봉을 뒤로 하고 조각난 달빛으로 가득한 능선을 걸으니 어느새 문수봉. 역시 안내판이 길을 막아서며, 매~우 위험하니 우회하라고 겁을 줬다. 하지만, 몇 번을 읽어봐도 올라가지 말라고는 쓰여 있지 않아, 바위를 타고 바로 문수봉으로 오른다. 그런데 안내판 말마따나 조금 위험하긴 한데, 그것보다는 바위에 박아 놓은 쇠막대와 와이어 케이블에 매달려 오르는 것이 무척 힘들다. 안내판엔 '무지하게 힘드니까 돌아가

라. 덤으로 조금의 위험도 보탠다.'라고 써 놓는 것이 더 낫겠다고 구시
렁거리는데, 어느새 문수봉이다.

맑은 달빛을 받은 대남문의 기와가 눈이 부시다. 불야성을 이룬 도시
건너, 수락과 불암 위로 하늘은 조금씩 붉어지고, 어둠은 달빛에 쫓겨
그늘로 숨어 버렸다. 하얗게 빛나는 바위 위, 어둠이 스러지는 하늘 아
래 서 있는 내 어깨에 따스한 산의 숨결이 닿는다. 아, 이대로 이 밤이 영
원하기를!

갑자기 '달밤에 체조'라는 말이 떠올랐다. 달밤에 체조? 달밤의 체조!
누구에게는 고향을 떠올리게 하고, 누군가에겐 사랑을 떠올리게 하는
달빛이 내겐 체조나 하게 하다니. 가물거리는 기억 속에서 끄집어낸 '국
민체조'를 하나, 둘, 구령까지 붙여 허우적거리며, 말 그대로 달밤의 체
조에 스스로도 거시기해서 웃고 말았는데, 웃음 끝에 묻어난 알싸함이
이유를 묻는다. 시간보다는 늘 생각에 쫓겨 사는 나. 그런 내가 불안해
보였던 것일까? 그래서 산은 내게 달밤에 체조할 정도의 여유는 가지라
고 말하고 싶었던 것이었을까? 가슴 한쪽이 내게 다시 묻는다. 길 위에
서 잠시 쉬어가도 좋지 않겠냐고, 갈 길이 멀어도 해가 지면 아침을 기
다려야 하지 않겠느냐고 가만히 속삭인다. 어쩌면, 어쩌면 그럴지도 모
르겠다. 먼 곳을 지나는 바람소리가 가슴을 울리고, 하늘의 달은 여전히
맑기만 한데, 문득 궁금해진다. 문수봉에서 달밤에 체조한 사람은 얼마
나 될까? 누구, 나 말고 또 있으려나?

무심히 펼쳐든 한 장의 지도
길은 내 앞에 있고
바람은 자꾸 등을 떠밀어
다시 배낭을 멘다.

아득히 미어진 가슴
한때는 바람이었던 내 젊음
그래, 자라지 못할 청춘이라면
저 산 어느 능선에서
천년만년 바람되어 살리라.

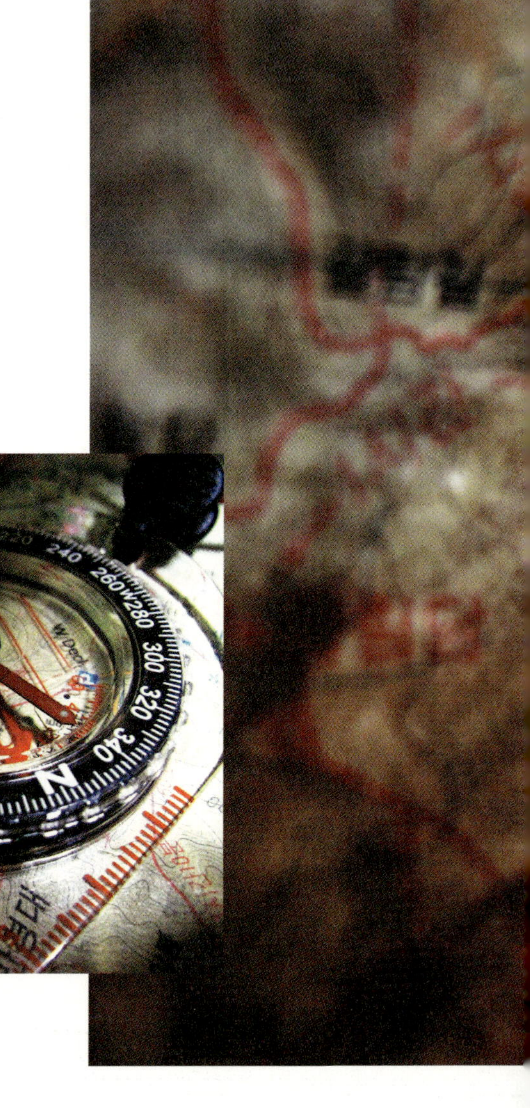

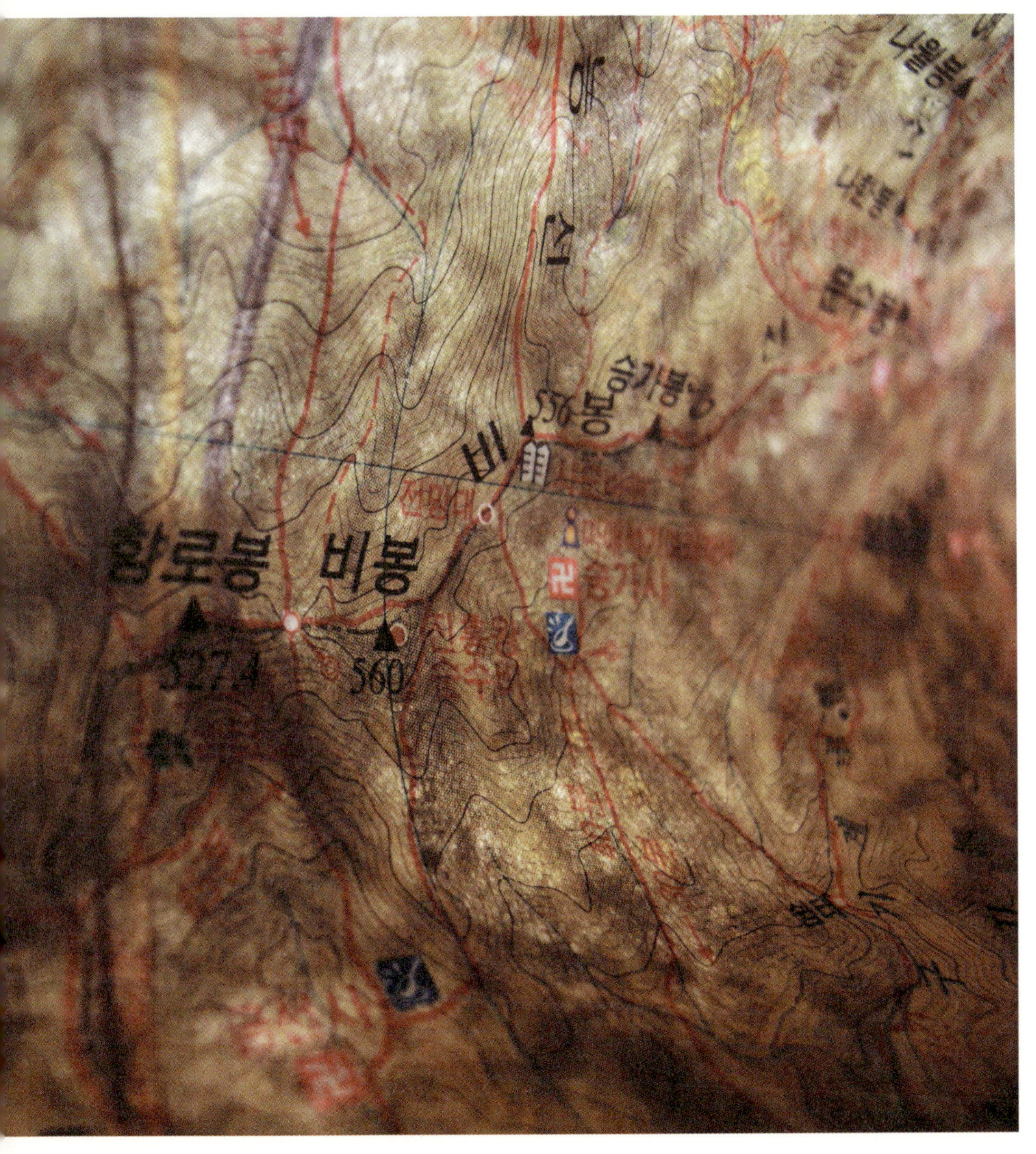

향로봉
비봉
527.4
560
전망대
비봉
승가봉
승가사
문수봉

밤은 깊어 짙은 어둠.
이제 떠나는 걸음은
돌아올 길을
더 이상 찾지 못할 것이다.

　가벼워진 마음은 문수봉을 내려 대남문을 나섰다. 능선에서 내린 걸음은 길고 긴 계단을 타고 계곡을 돌고 돈다. 뜨거워진 무릎이 걸음을 늦출 때쯤, 숲이 끝나는 경계에서 푸르게 눈뜬 아침이 날 맞는다. 다시 시작된 하루. 다시 일상으로 향하는 나에게 나와 함께 능선을 넘어온 바람이 산의 이야기를 전한다. 오늘 서두르지 않았던 걸음을 기억하라고, 문수봉에서의 그 체조를 잊지 말라고 나직이 말한다. 그래, 그러하리라 생각하며 돌아보는 나를, 문수봉은 다짐이라도 받듯 조용히 내려다본다. 오늘도 행복한 산행, 함께 걸은 후배와 안전산행을 협박(?)한 정란 양, 둘 모두가 고맙다.

구기동으로 내려온 이유는 시간도 시간이지만, 주변의 식당에서 맛볼 수 있는 맛있는 손두부를 먹기 위해서였는데, 이럴 수가! 두부집들이 모두 9시가 넘어야 장사를 시작한단다. 일요일에만 일찍 연다나? 더구나 이른 시간이라 근처에는 문 연 식당이 하나도 없다. 할 수 없다. 택시라도 타고 청진동까지 가서 해장국으로 아침을 먹기로 한다. 그런데 이를 어쩌나. 해장국 한 숟가락 막 뜨려는데, 표시 리본을 하나도 매어 놓지 않은 것이 생각났다. 에구구, 표시 리본을 달아달랬던 후배의 부탁을 엿 바꿔 먹은 듯 까맣게 잊어버렸던 것이다. 하지만, 이미 상황종료. 어쩔 수 없다. 낮에 비봉능선에서 길을 잃는 것은, 종로에서 길을 잃는 것보다 더 어려울 텐데 표식기가 왜 필요하냐고 둘러대기로 하고 맛있게 해장국을 비운다.

그런데, 믿어 주려나?

동네 뒷산, 향적봉

아쉬움 미련으로 남고
미련은 가슴에 담겨 그리움이 되듯
다하지 못한 그 길의 아득한 미련은
언젠가 그리움으로
그 길 위에
다시 나를 서게 하리라.

그날 내 눈물 속에 아른거렸던
덕유산 그 능선 굽이마다 떨구고 온 내 마음의 조각들.
나 다시 그 길 위에 서는 날
가슴은 비로소 눈물을 멈추리라.

일찍, 그것도 새벽에 일어난다는 것은 언제나 쉽지 않다. 하지만, 부족한 잠은 버스에서 자자고 스스로를 위로하며, 오늘도 억지로 몸을 일으켜 주섬주섬 배낭을 메고 나선다. 어느 때는 산행보다 새벽에 일어나는 것이 더 힘겹다. 도대체 언제쯤이면 이 잠으로부터 자유로울 수 있을까.

원래 오늘 산행지는 영취산이었다. 그러나 갑작스럽게 여러 사정으로 출발 직전에 덕유산으로 행선지가 바뀌었다. 그런데 반대는커녕, 오히려 모두가 반기기까지 했다. 물론, 사람들마다 이유야 많았겠지만, 오늘 덕유산 산행 코스가 어렵지 않은 것도 하나의 이유가 됐으리라. 오늘 산행구간은 무주리조트에서 곤돌라를 타고 설천봉에 내려서, 향적봉과 중봉을 지나 동엽령에서 칠연계곡으로 내려가는 코스다. 향적봉에서 동엽령까지는 조금씩 고도를 낮추는 능선길이라, 산행의 경험이 많지 않은 사람들도 쉬엄쉬엄 즐기면서 걸을 수 있는 구간이다. 여느 때처럼 같은 시각, 같은 장소에서 버스를 타고, 같은 모습으로 졸다 보니 어느새 도착한 무주리조트. 뻣뻣해진 몸은 일어날 줄을 모른다.

무주리조트에서 곤돌라를 타면 설천봉까지 겨우 10분이면 닿고, 설천봉에서 향적봉까지도 10여분 밖에 걸리지 않는다. 걸어서는 3시간 가까이 땀깨나 흘려야 오를 수 있는 향적봉이, 곤돌라 때문에 남녀노소 가리지 않고 누구나 오를 수 있게 되어 마치 동네 뒷산이라도 된 듯 향적봉엔 언제나 사람들로 북적인다.

곤돌라를 타기 위한 인파의 끝이 안 보일 정도로 향적봉에 오르는 사람이 너무 많아 40분을 넘게 기다려서야 겨우 설천봉에 올랐다. 겨울엔 스키어로 가득한 설천봉이 오늘은 나들이객들로 넘친다. 이미 향적봉은 만원이리라. 곤돌라를 내린 사람들은 계속해서 향적봉으로 향하고, 나도 사람들 틈에 섞여 서둘러 향적봉으로 간다. 능선 너머 멀리로 남덕유가 있어야 할 자리에 산안개만 자욱하다.

향적봉.

하늘은 맑다 못해 눈이 시릴 정도로 푸르다. 오늘은 바람마저 부드럽게 불어 전망을 즐기기엔 최고의 날씨, 향적봉에서 이렇게 멋진 하늘을 본 것이 얼마만인지. 내리쬐는 햇볕 아래 멀리 덕유의 능선이 빛난다. 오랜만에 오른 향적봉이라 표지석 옆에서 사진 한 장 찍으려 했지만, 표지석 주변엔 곤돌라 탈 때만큼이나 사람들로 붐벼, 그냥 사람들을 배경으로 찍는 것으로 대신했다. 아무래도 나하고 향적봉 표지석은 인연이 없는 것 같다. 올 때마다 한 번도 제대로 사진을 찍은 기억이 없다. 아쉽긴 하지만 사진도 찍었겠다, 향적봉 대피소로 내려가는데, 뜬금없이 배고픔이 몰려온다. 시간을 보니 이제 겨우 12시가 넘었을 뿐이다. 평소와는 다르게 너무 일찍 신호가 온 것은 아마도 오늘따라 아침을 일찍 먹은 탓이지 싶다. 하지만, 오늘 점심은 동엽령에서 하기로 했으니, 배고픔을 초코바 하나로 달래고, 장터처럼 북적이는 향적봉 대피소를 뒤로 하고 중봉을 향해 덕유의 능선에 오른다.

중봉에서 내려선 능선엔 한가로이 맑은 햇살만이 가득하고 길은 완벽하게 평온하다. 이대로 영원히 이 길을 걸을 수만 있다면 얼마나 좋을까! 능선을 덮듯 꽃들은 흐드러지게 폈고, 따뜻한 바람은 부드럽게 나를 안는다. 하늘로 이어진 덕유산 여름 깊은 능선에서 지금 나는 마냥 행복하기만 하다. 몇 해 전 겨울에 중봉에 섰을 때가 생각난다. 그때 눈 덮인 이

능선을 보며 여름으로 빛나는 이 길 위에 선 나를 상상했던 그때가.

송계사 삼거리를 지나 다시 찾아온 배고픔에 발목을 잡혀, 동엽령 못 미쳐 작은 바위봉우리에서 도시락을 꺼냈다. 함께 온 이명순 대장님의 도시락은 얼핏 봐도 3명은 충분히 먹을 정도라 왜 그렇게 많이 싸 오셨느냐고 물으니, 지난 소백산 산행에서 밥을 조금 가져왔다고 내 동생이 타박을 해서 있는 밥을 전부 가져오셨단다. 나 또한 안 싸던 도시락을 오랜만에 가져왔더니 밥이 산더미다. 두 분 대장님과 함께 셋이서, 먹어도 먹어도 줄지 않을 듯하던 밥이, 백암봉 근처에서 뜯은 향긋한 참나물 쌈 덕분에 한 숟가락도 남지 않았다. 숨 쉬기가 힘들 정도로 먹었다. 정말 내가 생각해도 내 자신이 많이 미련스럽다. 하지만, 산행은 에너지 소모가 많으니 이만큼은 그래도 괜찮다고 스스로 위로해 보려 해도 왠지, 낯부끄럽다.

식사를 하며 한참을 쉬었어도 시간의 여유가 많은 것은 곤돌라를 이용한 덕분이다. 이렇게 여유롭게 걷는 산행은 늘 반갑지만, 산을 곤돌라를 타고 오르는 것은 좋아할 수가 없다. 혹자는 곤돌라를 설치하면 환경을 보호할 수 있다지만, 곤돌라로 인해 접근성이 더 좋아져 정상부는 오히려 훼손이 심해질 수밖에 없다. 만약 환경을 훼손하지 않기를 바란다면 자격 있는 가이드를 동반하지 않는 산행은 불허한다거나, 가이드를 동반하더라도 하루에 입산할 수 있는 인원을 제한하는 산행종량제 같은 제도가 더 효과적이리라. 요즘 몇몇 명산에 곤돌라나 케이블카를 놓으려 하는데, 결코 실행되어서는 안 될 것이다.

백암봉에서 본 전경

아직은 푸르다 나무
밑동에 쌓인 낙엽은 지나간 가을의 흔적

그 흔적 채 스러지기도 전에 다시 가을
시간은 흐르지 않고 쌓일 뿐
쌓인 시간은 잊혀질 수 없다.

아련한 그리움으로 퇴색되어
때로는 기쁨으로
때로는 아픔으로
그저 되살려지리라.

덕유산 능선

멀리 백암봉을 내려서는 사람들이 점차 많아지기 시작했다. 능선에는 어느새 사람들로 넘쳐 조용하던 길이 소란스러움으로 가득한데, 가까이 다가온 한 무리의 일행이 유난히 시끄럽다. 얼마든지 조용하게 대화할 수 있을 텐데, 어째서 다른 사람들을 배려하지 않는 것일까. 자신들이 얼마나 시끄럽게 구는지 정말 모르는 것일까? 좋은 기분을 더 이상 망치기 싫어 소란스러움에 밀리듯 일어나 동엽령을 향해 다시 능선에 선다.

동엽령.

동엽령을 지나는 바람이 남덕유로 가자고 나를 떠민다. 하지만, 오늘도 다시 다음을 기약하는 마음만 남긴 채 아쉬움을 뒤로 하고 칠연계곡으로 내려선다. 돌아보고 다시 돌아보면서 깊이깊이 계곡으로 잠기며 투명할 정도로 눈부신 여름으로 추억될 오늘, 또 하나의 산행을 가슴에 담는다.

사람들은 묻는다. 왜 같은 산을 그렇게 자주 가느냐고. 하지만, 산에 다니는 사람들은 모두 알 것이다. 산은 늘 같으면서도 같지 않음을. 계절과 시간, 코스와 날씨에 따라 다른 모습, 다른 느낌이라는 것을. 그러니 어찌 몇 번의 산행으로 산을 다 안다고 할 수 있겠는가. 매일 같은 산을 올라도 변덕 심한 내 마음엔 늘 새로운 산인 것을, 산이 들려주는 이야기 또한 늘 같으면서도 같지 않은 것을.

설악산 중청 대피소

가을, 그 안에서
길을 잃고

온밤 내내 쉼 없이 휘몰아치는 바람에 이끌려
대청을 수도 없이 오르내리던 안개는 어느덧
내 발목 위로 차올랐고, 바람과 안개 속에 몇 명씩
무리지어 앉은 젊은 친구들의 술잔 부딪치는
소리도 잦아들 즈음 산은 내게 조용히 묻는다.

…… 어디로 가느냐고.

그날.
찾을 수 없는 대답에, 중청에서 나는 잠을
이룰 수가 없었다.

춥다, 그것도 매우.
혹시나 해서 상의를 두툼하게 입고 재킷을 덧입었는데도 춥다.
얼마를 기다렸을까.
한계령이 열렸다.

새벽 2시 5분.
기다리던 많은 사람이 환호하며 산으로 든다.

하늘엔 구름 한 점 없고 별들은 쏟아질 듯 머리 위에 가득하다.
여기저기서 터져 나오는 감탄사들.
그렇게 잠시 눈을 들어 하늘과 별을 마음에 담는다.

십수 년 사진을 찍었지만 지금 이 아름다운 새벽의 하늘을 한 장의 사진에 온전히 담을 수 없음이 안타깝기만 하다. 하지만, 그게 어디 이 새벽의 하늘뿐이랴. 아름답다 못해, 경이로운 산의 모습을 그 어느 때, 단 한 번이라도 제대로 담을 수만 있다면, 그건 기적에 가까운 커다란 행운일 것을. 그걸 알면서도 부지런히 셔터를 눌러대는 것은, 이 짧은 기억으로는 담지 못할 그 아름답고 벅찬 감동의 순간들을, 부족한 사진을 통해서라도 가슴에 떠올리기 위해서이니, 앞으로도 이 만족 없는 작업은 언제까지고 계속되리라.

이렇게 많은 사람과 한계령에서 오르기는 오랜만이다. 아무리 천천히 걸으려 해도, 거의 떠밀려 오르는 두 다리는 힘든 줄도 모르겠다. 불편

바람의 길
그 안에 앉아
아픈 가슴 쉬어 가라고
길손을 반기는
따스한 베풂.

중청 대피소
그 마음에 감사를.

한 재킷을 벗으려 이제나저제나 기다렸지만, 벗기는 고사하고 옷깃을 파고드는 서늘한 바람이 지퍼를 끝까지 올리게 한다. 이제 설악엔 겨울이 멀지 않은 듯하다.

동틀 무렵의 희미한 여명 속에서 풀과 잎들에 뽀얗게 내린 서리가 헤드램프에 반사되어 서늘하게 빛난다. 끝청에서 돌아본 서북능선. 헤드램프의 불빛들이 점점이 이어져, 마치 크리스마스트리에 둘러놓은 꼬마전구들처럼 쉼 없이 반짝이며, 적막한 산중 어둠 속으로 하얀 그림자를 던지면서 대청을 향해 꼬리에 꼬리를 물고 사라져간다.

중청 대피소.
중청 대피소를 지나는 바람에 코끝이 얼얼하다. 대청봉의 바람이 중청 대피소까지 내려온 모양이다. 중청의 바람이 이 정도니 대청봉엔 이미 겨울바람이 불 것이다. 윈드재킷을 하나 더 껴입는다. 하지만, 추위를 막기엔 역부족, 서둘러 바람을 피해 취사장으로 내려간다. 취사장은 벌써 밥 짓고 라면 끓이는 사람들로 가득해 무척이나 비좁다. 떡 본 김에 제사 지낸다고, 취사장에 내려온 김에 아침을 먹기로 한다. 아침이라고 해봤자 휴게소에서 사온 김밥 한 줄이 전부다. 취사장 한쪽에 서서 게 눈 감추듯 김밥을 먹어치우고 몸의 한기가 조금 가신 듯해 대피소 로비로 올라간다. 하지만, 로비 역시 추위를 피해 들어온 사람들로 만원이라 가만히 서 있기도 쉽지가 않다. 그래도 구석에서 버텨보려 했지만, 이리 밀리고 저리 채이고, 차라리 희운각에서 쉬기로 하고 그사이에 더욱 거세진 바람 속으로 비틀비틀 힘겹게 몸을 가누며 소청으로 향한다.

소청갈림길

서북능선, 용아장성, 공룡능선, 마등령, 울산바위, 달마봉, 화채능선.
떠오른 아침 햇살에 비치는 설악의 위용은 숨조차 멎게 할 만큼이나 장
관이다. 맑은 하늘과 끝없이 펼쳐진 동해를 뒤로 하고 서 있는 설악의
모습은, 그 어떤 말로도 온전히 표현할 수가 없다. 소청에서 맞는 설악

의 아침에 가슴은 터질 듯 부푼다. 가슴 가득 설악을 담은 걸음, 바람에 떠밀려 소청을 내려간다.

공사가 한창인 희운각 대피소. 열심히 달려온(?) 덕분에 추위는 가시고 도리어 땀이 줄줄 흐른다. 대피소 앞마당에 배낭을 내려놓고 물 한 모금으로 목을 축이고, 껴입었던 재킷 두 벌을 벗고 앉는다. 발목이 시큰거린다. 그 많은 계단을 총총거리며 내려왔으니 아플 만도 하다. 조금 서둘러 내려온 덕분에 희운각 대피소는 중청 대피소만큼 사람들로 붐비지 않아 좋기는 한데 어쩌나. 대피소 일부를 고쳐 짓는 지금, 희운각 대피소의 쉴 만한 공간은 앞마당에 놓은 몇 개의 테이블이 전부다. 대피소에 들어가 잠시라도 누울 수 있기를 기대하고 달려왔던 마음이 아쉬워한다. 졸린다. 잠깐 눈이라도 붙였으면 좋으련만. 아침은 이미 먹었고, 대피소는 수리 중이니 희운각에서 오래 머물 이유가 없다. 시큰거리던 발목도 이젠 가라 않았으니 다시 배낭을 메고 천불동계곡을 향해 걸음을 뗀다. 바람은 여전히 차가운데 얼굴에 닿는 아침 햇볕이 따갑다.

천불동계곡, 오련폭포.
청수 가득 흐르는 계곡에 하늘이 담긴다. 하늘과 물은 어느새 하나가 되고, 그 안을 떠다니는 붉디붉은 잎들은 하늘마저 태울 듯 넘실거린다. 차마 떨어지지 않는 발걸음을 힘겹게 옮겨 보지만, 설악의 단풍에 취한 두 다리는 겨우 몇 발자국 떼지도 못하고 멈춰 서기를 반복할 뿐이다.

가을로 가득한 설악산. 무너미고개를 넘은 뒤부터는 그나마 간간히

마주치던 산객도 보이지 않는다. 사람이라고는 기척도 없고 오직 가을
로 가득 찬 설악 천불동계곡. 이 길을 이렇게 혼자 걷고 있다니! 행운이
리라. 이런 행운은 그리 쉽게 만날 수 있는 것이 아니다. 그러니 누구의
덕인들 어떠랴, 설악의 신령께 감사하며 행복한 가슴으로 가을 속을 걷
는다.

 늘 외로움과 그리움을 입버릇처럼 내뱉던 나였다. 혼자서는 밥 먹기
도 싫어하던 나였다. 그런 내가 언제부턴가 밤이든 낮이든 어느 능선,
어느 계곡에 혼자 떨어져서도 행복해 했다. 그냥 내가 변한 것이려니 했
었다. 정말 많은 시간이 지난 것이겠거니 했었다. 하지만, 어느 순간, 어
쩌면 변한 것은 아무것도 없을지도 모르겠다는 생각이 들었다. 그저, 그
전까지는 보려 하지 않았던 것들이 보이는 것뿐이라는, 알려고 하지 않
았던 것들을 알게 되었을 뿐이라는 그런 생각 말이다. 그러나 변했었건
변하지 않았었건, 그 둘 모두는 똑같은 나, 내 자신이었다. 생각과 마음,
그리고 가슴과 머리…. 같으면서 같지 않았고, 같지 않으면서 같음을 알
았을 때. 소통하게 되었다. 내 자신을 처음으로 알기 시작할 때, 소통은
그렇게 내 안에서 또 다른 나를 만나면서 비로소 시작되었던 것이다. 얼
마나 많은 원망을 던졌던가! 얼마나 많은 아픈 맹세를 묻었던가! 그러나
산은 그럴수록 한 번도 나를 돌아보지 않았고, 나는 지쳐갔었다. 그런
데, 그렇게 자신과의 소통의 의미를 깨달았을 때 기다렸다는 듯 산은 이
야기했다. 그 무엇도 자신보다는 중요하지 않다고, 누구보다 자신을 사
랑하라고. 그리고 다시 산은 말했다. 하지만, 그렇기에 이 세상 모든 것
들은 내 자신보다 더 중요하다고. 역시 그렇기에 세상 모든 것들을 가슴

깊이 사랑하라고 내게 이야기했다. 그때부터였을까? 혼자인 것이 좋아
지기 시작한 것이. 아니, 정확히 말해 혼자인 것에도 행복해 할 수 있게
된 것이 그때부터였을까!

　길은 비선대에 닿았다. 가슴엔 행복함이 가득한데, 오련폭포를 지나면서부터 어떻게 걸어왔는지 아무런 기억이 없다. 어찌된 영문일까? 혹, 설악의 가을 속에서 이름 모를 선경을 헤맨 것은 아니었을까? 그렇다면, 시간이 몇 백 년이나 지났을지도 모르겠다는 걱정에 조심스레 시계를 본다. 하지만, 몇 백 년은커녕 겨우 두세 시간이 지났을 뿐이다. 그럼 그렇지. 스스로 생각해도 어이가 없다. 가끔이긴 해도 난 참 웃기는 놈이다. 그렇다. 설악의 가을은 내 마음조차 놓고 올 만큼 아름다웠다. 그 모습들이 기억나지 않는 것은 분명, 그 길 곳곳에 흘려 놓은 내 마음 때문이리라. 오늘도 다함이 없는 아쉬움은 홀로 설악에 남는다.

서늘한 달빛 하얗게 쌓인 능선을 타고
내 안의 그리움
산을 오른다.

가쁜 숨 탓하는
먹먹한 가슴
눈가에 흐른 것이
땀인지
눈물인지

돌아본 능선엔
네 얼굴이 가득하다.

황홀한 달빛에

　며칠 전, 토요일에 있을 촬영이 취소되어 후배 둘과 지리산으로 금요일 저녁에 무박산행을 가자고 약속했었다. 하지만, 배낭을 메고 나서는 순간 울리는 전화 벨소리. 예감은 적중했다. 취소되었던 촬영이 그대로 진행된다며, 급하게 연락해 미안하다는 전화 속의 목소리. 웃어야 할지, 울어야 할지. 조심해서 다녀오라고 후배들의 안전산행을 빌어주고 배낭을 내려놓았다.

　토요일.

　촬영하는 도중 문득문득 떠오르던 전날의 아쉬움. 하지만, 일하는 것도 산행만큼이나 즐거운 나다. 촬영이 거의 끝나갈 때쯤 걸려온 한 통의 전화. 이번에도 혹시나 했던 예감은 들어맞았다. 김주연 대장님께서 밤에 출발하는 지리산 무박산행을 인솔해 달라고 하신다. 촬영은 거의 마무리하는 중이었고, 끝나고 나서도 특별히 다른 일이 없어, 시간에 맞춰 출발장소로 가겠노라 약속을 했다. 전화를 끊고 나서 생각하니, 전날의 아쉬움이 지리산에 닿아 산이 나를 부른 것만 같다. 온종일 힘겨웠던 촬영의 피로도 한꺼번에 씻겨 사라진다. 이번만큼은 내 욕심이 통한 것일까? 일도 하고, 산행도 하게 생겼으니 말이다. 몇 남지 않은 컷들이 도리어 아쉽다.

　촬영은 모두 끝냈다. 산행준비도 다 마쳤다. 시간이 조금 남아 약소장소로 가기 전에 저녁을 먹는데, 후배한테서 전화가 온다. 어제 지리산에 들어갔던 녀석이다. 조금 전 서울에 도착해 집으로 가는 중이란다. 산행은 어땠는지 물었다. 날씨는 좋지 않았고, 천왕봉을 내려오면서부터는 같이 간 다른 녀석의 다리가 아파 고생하기도 했지만, 그래도 지리산이었기에 언제나처럼 행복했단다. 그러면서 아쉬워서 어떡하느냐고 은근히 나를 약올리려 한다. 생각해줘서 고맙지만 나도 지금 지리산으로 출발하니 걱정은 그만해도 된다고 가볍게 무시하고, 어서 가서 쉬기나 하라고 도리어 면박을 주고 전화를 끊었다. 녀석, 누굴 놀리려고…….

눈을 떴다. 얼마를 잔거지? 창밖을 보니 백무동이었다. 언제 도착한 것일까? 좌석이 모두 비어 있는 것이 도착한 지 꽤 된 듯, 밖엔 이미 산행준비로 분주한 사람들의 헤드램프가 어지럽게 번쩍인다. 몸을 일으킨다. 하지만, 몸은 마음처럼 쉽게 일어나지질 않는데, 구겨져 있기라도 했던 것처럼 온몸의 관절들이 삐걱거린다. 마치, 줄에 매달린 인형이 된 기분이다.

겨우 몸을 일으켜 차에서 내려 맞은 지리산의 새벽하늘엔, 커다란 수박만 한 보름달이 휘영청 밝았다. 어둠조차 맑았던 하늘과 그렇게 멋진 보름달은 정말 처음이었다. 지리산을 매주 찾는 기사님도 날씨가 정말 좋다며, 자신에게도 이렇게 멋진 달밤은 손에 꼽을 정도라셨다. 그 하늘을 보여주려 산이 나를 부른 것이었을까? 마음은 이미 일상을 잊었는데, 전날의 오랜 촬영과 많은 시간 버스에 시달렸던 몸조차, 새털처럼 가볍게 바람에 떴다.

하동바위를 지나고, 참샘을 지난 지도 한참이다. 새벽이면 어김없이 쌓이던 안개도 오늘은 흔적조차 없다. 능선을 향해 굽이져 오르는 작은 모퉁이, 어둠이 쌓인 길 위에서 발을 멈추고 헤드램프를 껐다. 이내 빛을 잃은 눈에는 먹먹한 어둠이 몰려든다. 눈을 감았다. 보이지 않는 눈을 대신해 온몸의 신경이 몸 바깥으로 빠져 나오는 듯 살갗에는 소름이 돋는다. 먼저 귀가 열렸다. 조용하던 숲엔 나뭇가지들이 희롱하며 장난치듯 서로 부딪치고, 낙엽과 함께 구르며 속삭이는 바람의 소리로 가득하다. 살갗에 닿는 바람. 차가움 뒤에 묻어 있는 무언가가 내 안의 슬픔을 휘돌고, 코끝에 전해오는 산의 향기는 그런 아픔조차 웃음 짓게 한다.

가슴이 아리다. 나는 지금 왜 여기 있는 것일까. 무엇 때문에 몽유병에 걸리기라도 한 것처럼, 이렇게 한밤중에 다시 길 위에 서 있는 것일까. 눈을 떴다. 어둠에 갇혔던 눈에 믿을 수 없을 만큼 눈부신 달빛으로 가득한 길 위에 서 있는 내가 보였다. 그 모습에 눈물이 났다. 문득, 그 모습이 처연해 하염없이 울고 말았다. 돌이 되어도 좋고, 나무도 좋고, 바람도, 물도, 작은 풀꽃이라도 좋았다. 그 길 위에서라면 무엇이라도 되어 내 영혼을 자유로이 살게 하고 싶었다. 황홀한 달빛의 슬픔, 그 안에서 나는 눈물을 멈출 수가 없었다. 한동안 그렇게 눈물이 흐르자 그저 조용히 나를 감싸안고 있던 산이 내 눈물을 바람으로 닦아주며 가만히 나에게 묻는다. 눈물과 아픔이 있어서 행복하지 않느냐고, 살아 있음에 행복하지 않느냐고, 살아 있음을 깨우쳐 주는 그 아픔과 눈물들이 그래서 더욱 소중하지 않느냐고 그렇게 물었다. 과연, 살아 있다는 그 하나만으로도 행복할 수 있으려나.

깨어 있는 삶! 그렇다. 죽지 않고 깨어 있는 삶이라면 언젠가는 내 영혼에 닿을 수 있으리라. 막히지 않고 소통하는 삶이라면 자유로운 영혼으로 살 수 있으리라. 행복하기 위해서라도 우리 깨어 있기로 하자. 살아 있다는 것, 그 자체로 행복해지기로 하자. 그렇게 살아 있음이 그 어

떤 고통과 눈물 속에서도 행복할 수 있다면, 내 영혼을 위해 지금부터라도 그렇게 깨어 있기로 하자.

장터목 대피소, 하늘 붉은 제석봉 옆에서 태양이 솟는다. 채 지지 않은 맑은 달을 마주하고 해가 뜬다. 아침과 저녁이 마주하고 섰다. 낮과 밤의 경계는 사라지고, 하늘이 하나가 되는 태양과 달 사이, 지리의 마루금 위에서 가슴 뜨겁게 아침을 맞는다.

제석봉, 그리고 천왕봉. 따뜻한 햇볕이 멀지 않은 봄을 알린다. 누구의 덕인지, 황홀한 달빛 아래에서 순결한 일출을 맞고, 좋은 햇살과 좋은 바람에 몸을 맡기고 한참을 앉아 있으니 행복에 겹다. 언제나처럼 행복한 꿈을 꾸듯 오늘도 행복한 산행을 한다.

천왕봉에서 본 전경

계 방 산
계방에 내린 겨울

다시는 산행 전날에 음주하지 않겠노라는 다짐은 헛되고 말았다.

숙취는 그렇다 치고, 행여 냄새만이라도 없애 볼까 껌도 씹고 이것저것 해봤지만 차를 타면서 나와 마주친 일행의 얼굴은 그 모든 것이 다 소용이 없었음을 얘기해 줬다. 어찌나 창피하던지 다시는 그러지 않아야겠다고 다짐을 하고 또 한다.

숙취로 아침을 먹지 못한 속이 울렁거린다. 길은 차들로 꽉 막혀 거북이 걸음인데도 멀미는 저리 가랄 정도로 하늘이 빙빙 돈다. 이러다 버스 안에서 사고 칠까 걱정이 태산이고, 식은땀은 얼굴과 두 손에 한가득이다. 그렇지만 다행히도 걱정했던 상황은 벌어지지 않은 채 횡성휴게소에 도착했다. 쓰리고 울렁거리는 속을 달래기 위해 우동 한 그릇을 앞에 뒀지만 속에서 받아줄 리 만무, 그저 먹는 시늉뿐이다. 누구를 원망하랴마는 그래도 어제저녁 부어라 마셔라, 끈질기게 덤벼들던 후배 녀석이 원망스럽다.

횡성휴게소를 출발하며 머리를 좌석에 묻고 눈을 감았다. 조금이라도 눈을 붙이는 것이 당장의 소원, 산행 걱정은 나중에 하기로 했다. 얼마나 잤을까. 버스의 움직임이 느껴지지 않아 밖을 보니 버스와 승용차로 뒤엉킨 도로는 주차장이나 다름없다. 오늘 산행의 들머리인 운두령까지는 200미터 정도 남았다는데, 한참을 기다려도 차들은 꼼짝할 생각도 안 한다. 차라리 걷는 것이 빠를 것 같아 모두의 양해를 구해 운두령까지 걷는다.

눈이 많이 내린 후의 계방산은 설산 산행으론 전국에서도 손꼽히는 산행지이다.

운두령엔 차와 사람으로 발 디딜 틈이 없을 정도다. 차들의 번호판을 보니 전국에서 모인 사람들이다. 계방산에 눈이 많이 내렸다고 해서 사람이 많을 것 같기는 했지만 이렇게 많을 줄이야. 아무래도 오늘은 이래저래 정체가 되는 날인가 보다. 이렇게 사람이 많으면 한 줄로 나란히 산행을 할 수밖에 없어 지체되는 건 당연할 테고, 그러면 산행 시간도 당연히 늦어질 텐데 적잖이 걱정이 앞선다. 하지만, 한 줄로 나란히 오를 수밖에 없어 계방산이 초행인 사람도 오늘은 길을 잃거나 할 염려는 없을 테니 그렇게 생각하면 사람이 많은 것이 다행스럽기도 하다. 운두령을 메운 사람들은 저마다 스틱을 꺼내고, 아이젠을 신고, 스패츠를 착용하는 등 산행준비로 분주하다. 하도 복잡해 한쪽에 비켜서 있는데 몇몇 일행이 먼저 가도 되냐고 묻기에 조심해야 할 것과 하산 시간을 지켜 달라고 당부하며 먼저 올려 보냈다. 그러자 너도나도 줄줄이 따라 나서는데, 다른 일행들과 섞여 누가 누군지 알 수가 없다. 함께 온 일행은 모두 올라간 것일까? 둘러봐도 그 사람이 그 사람 같아서, 할 수 없이 한참을 기다려 사람들이 모두 산에 든 후에 오르려 했지만, 꼬리에 꼬리를 문 사람들이 줄어들지 않아, 이러다 내가 늦을지도 모르겠다는 생각이 들어 서둘러 사람들 틈에 끼어 산으로 든다.

계방산.

1,577미터.

산은 높되 산행의 시점인 운두령에서의 표고 차이가 겨우 488미터밖에 되지 않는다.

두세 번의 급한 경사 외에는 2시간 정도의 완만한 능선길로 운행할 수 있어, 눈이 많이 내린 후의 설산 산행으론 전국에서도 손꼽히는 산행지이다.

명불허전이라 했던가.

운두령에서 능선으로 오르는 짧은 계단을 올라선 순간, 눈부시게 푸른 하늘과 점점이 떠 있는 구름, 그리고 그 하늘 아래로 새하얗게 펼쳐진 눈 세상이, 앙상하게 서 있는 나무들과 묘한 조화를 이루며 서늘한 아름다움으로 나를 사로잡았다. 벼르고 별렀던 계방산 산행이 결코 헛되지 않았음을 그 한순간에 깨달았다. 계방의 눈은 그렇게 나를 사로잡았다.

1492봉 헬기장에서 계방산 정상으로 향하는 사람들.

계방산 정상의 케언

　한 발 한 발 앞 사람의 뒤를 따라 산을 오른다. 등산로를 조금만 벗어
나도 적게는 무릎, 많게는 허벅지나 허리까지 눈에 빠진다. 급한 마음에
사람들을 앞지르려 등산로를 벗어나면 매우 위험할 수 있기에 모두가
한 줄로 가야 하는 것이다. 물론, 성미 급한 분들이야 답답하겠지만 조
금 빨리 가자고 위험을 자초할 순 없지 않겠는가. 또한, 이렇게 가다 서
기를 반복하며 더디게 오르다 보면, 오히려 주변의 멋진 전경도 보면서
여유로운 산행을 할 수 있으니 그 또한 나쁘지 않으리라. 그렇게 여유로
운 걸음으로 산을 오르며, 곳곳에 펼쳐진 아름다운 설경에 사람들은 탄

성을 멈출 줄 몰랐다. 나 역시 그러했다. 내 눈 또한 눈 덕분에 행복했고, 살갗에 서늘하게 닿는 부드러운 바람, 그리고 따스한 햇볕과 상쾌한 공기에 울렁이며 답답했던 가슴마저 편안하게 가라앉았다. 이러니 내 어찌 산행을 멈출 수 있겠는가.

나뭇가지 사이로 넘나드는 햇빛에 선글라스 없이는 눈을 뜰 수 없을 정도로 빛나는 눈길 위에서, 산에 취하고 바람에 이끌려 어느덧 계방산 마루에 올랐다. 북으로는 설악, 동으로는 노인봉과 오대산과 대관령, 그리고 용평스키장의 모습이 손에 잡힐 듯 가깝고, 서쪽으로는 당당하게 서 있는 태기산과 그 옆의 휘닉스 파크의 슬로프가 또렷이 보인다. 그 무엇에도 막힘 없이 온 사방으로 거침없이 달리는 눈 덮인 산맥의 모습은 장쾌함 그 이상의 감동인데, 눈을 시리게 하는 것은 눈뿐만이 아니라는 듯, 산맥 머리 위로 보이는 너무도 선명한 파란 하늘엔 눈처럼 새하얀 구름이 떠 있다. 아, 무슨 말이 필요하랴. 사방으로 펼쳐진 황홀한 전경에 저릿해진 가슴으로 지금 이곳 계방의 산정에서 다시 깨어나는 내 영혼을 본다. 계방산 정상에는 하늘을 버티며 돌 하나하나에 누군가의 소망을 품고 높다랗게 케언(cairn)이 섰다. 얼마나 많은 이의 소망이 여기에 쌓인 것일까? 작은 돌 하나를 든다. 케언 가장자리 한쪽에 돌을 놓으며 그 모든 바람들이 이루어지길 기원하며 내 작은 소망도 하나 더해 얹는다.

한참을 머물렀어도 두 다리는 쉬 산정을 내려갈 생각을 하지 않는다. 하지만, 계속 있을 수는 없는 일, 떨어지지 않는 발을 들어 계방의 산정

을 뒤로 한다. 정상을 벗어나자 내려가는 길 또
한 온통 눈 세상이다. 등산로를 제외하고는 그
어떤 자국도 하나 없는 그야말로 순백의 세상.
문득 눈의 깊이가 궁금해 등산로에서 몇 미터
벗어나 보니 역시 허리까지 눈에 빠진다. 사진
을 찍어 놓으면 재미있을 것 같아서 지나가는
사람한테 사진 한 장 부탁하려고 눈에 묻힌 채
한참을 기다렸지만, 아쉽게도 지나가는 사람이
한 명도 없다.

　　하산길은 처음 1시간여는 고도가 낮아지지 않
는 듯하다가, 서너 번의 급한 경사를 지난 후에
야 조금씩 낮아진다. 눈이 없으면 지루할 수 있
는 하산길이라는 생각도 들었지만, 어쨌건 오늘
은 온 사방이 눈이지 않는가. 눈이 닿는 모든 곳
의 모습이 한 폭의 멋진 그림이니 전혀 지루할
틈 없이 구름 위를 걷듯 눈을 타고 걷는 걸음이
가볍다. 푹신한 눈길 위를 걷고 달리며, 일부러
미끄러지기도 하고 간간히 엉덩이 썰매도 탄다.
겨울 눈 산행의 또 다른 재미다. 그렇게 걷기를
한참, 눈보다 흙이 더 많아지는가 싶더니 급사
면이 발밑에 놓이고, 사면에 빼곡히 선 나무들
사이 밑으로 도로가 보인다. 운두령으로 올라가

98

는 도로다. 그렇다. 산행은 급사면을 내려서는 것으로 끝이 나는 것이다. 이렇게 산행이 끝나다니, 너무 갑작스러워 실감이 나지 않는다. 산행을 마칠 때는 언제고 아쉽지 않을 때가 없었지만, 오늘따라 유난히 아쉬운 것은 이렇게 멋진 눈을 만나기 쉽지 않아서다.

하지만, 아직 산행이 완전히 끝난 것은 아니다. 급사면을 내려가는 일이 남았다. 언제나 마지막 순간, 긴장이 풀리는 이때를 조심해야 한다. 산행사고는 긴장이 풀리는 마지막 순간에 많이 일어나기 때문이다. 천천히 한 발 한 발, 눈 덮인 사면을 조심조심 내려와 도로에 선다. 등산화 바닥에 닿는 감촉이 어색하다. 흙과 바위, 그리고 콘크리트와 아스팔트를 밟는 느낌의 차이를 말로는 설명할 수가 없다. 그것은 머리가 아닌 가슴으로 느껴지는 것이기 때문이리라.

도로를 건너 하나뿐인 식당에서 식사를 한다. 합석한 테이블의 다른 일행이 수고했다며 건네는 막걸리가 시원하고 정겹다. 낯선 이들이 스스럼없이 건네는 작은 인사와 미소들이 어색하지 않은 것은 산을 통해 서로 소통하기 때문은 아닐까. 그러고 보니 산에서는 남녀노소, 연령을 초월해 서로 배려하고 양보하는 모습이 아주 자연스럽다. 진정한 소통은 어쩌면 어려운 것이 아닐지도 모르겠다.

어느새 돌아가야 할 시간. 모두가 식사를 마친 듯해 일행을 확인하니 한 명이 내려오질 않았다. 모두가 내려오고도 남았을 시간이라, 아무래도 무슨 일이 있는 것은 아닐까 걱정되어서 전화를 하려고 식당 밖으로 나오는데, 길 건너편에서 한 명이 달려온다. 우리 일행이다. 조금 늦으셨다고 말하니, "눈이 너무 좋아 그만……."이라며 미소를 짓는다. 그래도 사고 없이 무사히 내려 왔으니 다행이다. 어서 식사하시라고 하자 고개를 젓곤 버스에 오른다. 그렇잖아도 자신 때문에 출발이 늦어져 미안한데, 밥 먹으면 또 늦어질 테고, 그러면 더 미안할 테니 그만 미안하고 싶다면서 오늘 산행이 너무 좋아서 밥 안 먹어도 배부르다며 커다란 웃음을 웃는다. 이미 약속 시간보다 1시간 가까이 늦었다. 하지만, 산행과 식사가 만족스러웠는지, 그 어느 분도 늦어진다는 불만과 빨리 가자는 재촉이 없어 마음이 가벼웠는데, 뜻밖에도 기사님 입이 주먹만큼 나와 있다. 이런, 정작 서울까지 수고하실 기사님과는 소통이 안 된 것이다.

오늘의 계방산 산행을 이렇게 마무리한다. 늘 행복한 산행. 하지만, 아직도 나는 내가 찾는 것이 무엇인지 정확히 알지 못한다. 그러나 늘 산이 들려주는 이야기에 귀 기울일 것이며, 내 자신을 찾아 언제나처럼 다시 산에 오를 것이다. 내가 산을 꿈꾸는 한, 산은 나를 꿈꾼다.

2부 그 햇살이

조용히 날 감싸던 햇살

그 따뜻함.

그날
그 햇살

그립다、오늘。

선 운 산
황사에 갇힌

굽이돌아
고개 하나
고개 넘어
다시 굽이

오르고
내리고
다시 오르고

산은
내가 되고
나는
산이 되고.

기대는 여지없이 무너졌다. 근래 들어 최악의 황사가 온다는 예보에도 혹시나 하는 기대를 가졌었는데, 햇볕 한 줌 없는 희뿌연 하늘은 가슴까지 답답하게 한다.

저녁 7시 10분. 이미 지난 약속시간. 버스는 벌써 동대문에서 출발했을 것이다. 버스를 놓치지 않기 위해서는 첫 번째 경유지인 서초구민회관까지 늦어도 7시 20분까지는 가야 한다. 택시를 잡았다. 황사가 심해 두건을 마스크처럼 눈 밑까지 올리고, 모자까지 눌러 썼더니 기사양반이 룸미러를 통해 자꾸만 날 힐끔거린다. 배낭만 없다면 영락없이 복면강도로 오해받고도 남았으리라. 다행히 날듯이 달려준 택시기사님 덕분에 버스에 올랐다. 이 심한 황사에 산행을 나서는 것이 조금은 내키지 않았지만 가슴은 언제나처럼 나를 산으로 이끄니 어쩔 도리가 없다.

산행시점인 삼인리 삼인동까지 걸리는 시간은 3시간여. 채 가시지 않은 잠은 오늘도 여지없이 머리를 떨구게 하는데, 차창 밖으로 가득 쌓여 있는 황사가 부디, 선운산에서는 약해져 있기를 바라며 졸음에 빠진다.

서산 휴게소. 아침을 먹거나, 부족한 산행준비를 마치기 위해 모두가 버스에서 내렸지만, 아침을 먹고 온 나는 화장실만 겨우 다녀와 다시 좌석에 누웠다. 황사 때문에 나들이객이 별로 없을 줄 알았는데, 휴게소는 아침부터 만원이다.

산행시점인 삼인동. 산행 들머리를 향해 낯선 사람들이 줄줄이 마을을 지나니, 온 마을의 개들이 난리가 났다. 이른 아침은 아니지만 소란을 피운 것이 미안해 서둘러 마을을 벗어나 능선으로 오른다. 한동안 계

황사에 갇힌 선운산

속되는 오르막. 예쁘게 핀 노란 산수유와 진달래가 황사에 갇혀 있는 모습이 애처롭기만 하다.

푸르게 돋는 새순으로 가득한 숲을 지나자 가파른 오르막은 부드럽게 바뀌고, 길은 이내 경수봉에 도착한다. 맑은 날에는 바다도 보인다는데, 오늘은 아무것도 보이지 않고 주변은 온통 뿌연 황사뿐이다. 눈과 목이 아픈 만큼 가슴도 답답할 뿐이다.

경수봉에서 선운산 쪽으로 철제 계단을 내려간다. 잠깐의 내리막길이 지나고, 평탄한 길이 이어지더니 마이재를 얼마 남겨놓지 않고 길은 다시 오르막으로 바뀐다. 앙상한 나뭇가지마다 다투어 오른 새순의 모

습에서, 초록으로 빛나는 5월이 떠오르는 건 조금 이른 감이 있으려나? 하지만, 여름은 결코 멀지 않았다고 산은 내게 이야기하는 듯하다.

오르고 내리기를 반복하며 능선은 마이재에 닿는다. 마이재는 석상암에서 심원면으로 넘어가는 고개로, 경수봉과 수리봉을 잇는 능선 위의 안부다. 작년엔 이곳에서 비 맞으며 무덤 옆에 쪼그려 앉아 점심을 먹었었는데, 오늘은 비 대신 황사를 만났다. 하지만, 오늘 식사는 선운산에서 하기로 하고 마이재를 서둘러 지나친다.

완만했던 경사가 점차 심해지며 호흡이 가빠질 때쯤, 선운산의 정상인 수리봉이다. 이곳도 역시 보이는 것이라곤 황사뿐이다. 처음부터 마스크를 했어야 했다. 산행 전부터 따끔거리던 눈과 목이 이젠 심하게 아파온다. 물 몇 모금으로 입속과 목을 헹궜지만 잠시뿐, 아픔은 쉽게 가라앉지 않는다. 그런데 아픈 목도 목이지만, 이렇게 심한 황사 속에서 식사를 할 생각을 하니 기가 막힌다. 하지만, 어쩌겠는가! 밥 달라고 보채는 배고픔을 달래려면 어쩔 수 없는 것을!

식사를 하기로 한 마당바위가 멀지 않은 곳, 능선 밑으로 선운사가 모습을 보인다. 하지만, 더욱 짙어진 황사는 중생의 번뇌처럼 선운사를 어둡게 감싸고 있다.

참당암과 건너편의 천왕봉, 개이빨산이 마치 안개(?)에 쌓인 듯 신비롭게(?) 보이는 마당바위 위에서 식사를 한다. 도시락을 황사에 비벼 먹는 것 같은 기분이지만, 못 말리는 배고픔은 그래도 좋아라 하는데, 이명순 대장님이 가져온 소주 몇 잔을 더해 그럭저럭 참고 넘긴다.

계속되는 내리막길. 식사를 마치고 마당바위를 떠난 길은 산을 내려

선운사 가는 길가의 나무

반시간을 채 못 걸어 임도로 나섰다. 갈림길이다. 임도를 따라 오른쪽으로 올라가면 참당암, 그리고 임도를 가로질러 앞의 계곡으로 올라가면 소리재를 거쳐 천마봉, 또는 도솔암 쪽으로 하산할 수 있고, 아니면 소리재를 지나 천마봉 가기 전에 왼쪽으로 하산하면서, 용문굴과 마애불을 본 후에 역시 도솔암을 경유해 하산해도 되는데 두 구간 모두 시간은

황사는 중생의 번뇌처럼 선운사를 어둡게 감싸고 있다.

약 1시간에서 1시간 30분 정도 더 소요된다. 하지만, 여전히 황사는 걷힐 기미를 보이지 않았고 참당암 또한 여러 번 다녀왔기에 걸음을 선운사로 돌려 산행을 마무리하기로 했다. 갈림길에서도 선운사는 좀 더 걸어야 하지만, 선운사까지는 계속 임도를 걷게 되기에 실질적인 산행은 임도에 내려서면 모두 끝나는 것이다.

선운사.

대웅전에 들러 오늘 산행도 무사히 마친 것을 부처님께 두 손 모아 감사드린다. 언제부턴가 산행 중에 들르는 사찰에서 부처님을 뵈면 마음이 편안해지기 시작했는데, 불교 신자가 아니지만 사찰에서 따뜻한 위로와 평안을 얻는 내가 조금은 의아하다. 하지만, 굳이 이유를 찾자면 불교 본연의 세계관을 떠나서도 출가하신 누님의 영향 때문이지 않을까 싶다.

부처님을 뵙고 나와 동백숲으로 향한다. 대웅전 뒤 동백숲에 드디어 꽃이 가득하다. 작년까지는 올 때마다 동백이 채 피어 있지 않아 입맛만 다셨었는데, 올해 드디어 만개한 동백꽃을 본다. 그런데, 어째 이번에는 조금 늦은 듯, 동백꽃은 막 개화했을 때가 가장 아름다운데 지금은 너무 활짝 피어서 꽃잎도 많이 떨어졌고, 빛깔 또한 본연의 색을 잃고 있다.

하지만, 지는 꽃이라 해도 붉은 동백꽃은 황사에 지친 내 가슴을 위로하고도 남을 만큼 황홀하다.

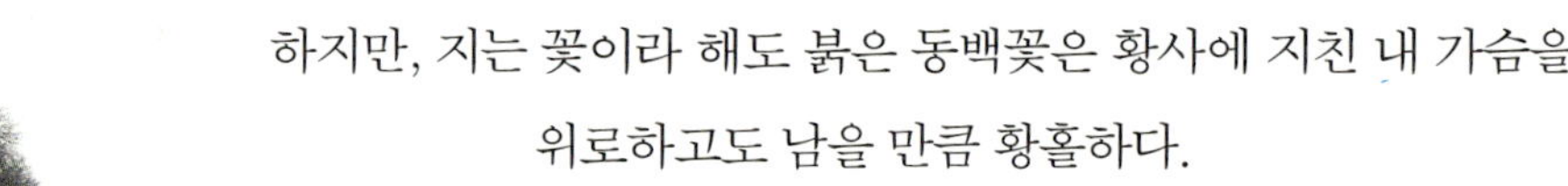

출발 전부터 황사로 인해 걱정을 많이 했는데, 그럭저럭 무사하게 산행을 마칠 수 있었다. 선운산은 초보자들도 무리 없이 오를 수 있는 곳이라 황사만 없었다면 정상에서 바라다 보이는 멋진 서해 바다의 풍광과, 진달래와 산수유가 만발한 따뜻한 봄날의 정취를

선운산 산행을 함께한 김주연 대장

만끽할 수 있는 산행이었을 텐데 아쉬움이 짙다. 하지만, 이런저런 아쉬움이 남더라도 그래도 언제나처럼 행복한 산행임엔 틀림없으니 한참을 선운사 동백숲의 만개한 꽃에 취한 채 행복한 산행을 마무리한다.

고래산 능선길

반가운 만남과 주행(酒行), 그리고 고래산 시산제

이번 주말 산행은 경남 창녕에 있는 화왕산이다. 화왕산, 그리고 창녕. 화왕산은 봄에는 진달래, 가을엔 억새로 유명한 산이고, 창녕은 내 고향이다. 1년 전인가? 작년 화왕산 산행 때는 창녕에 사시는 사촌누님을 산에서 우연히 만났었다. 고향의 산이 내게 베푼 작은 선물이었으리라. 그렇게 산은 언제나 마법 같은 선물을 한다. 산에서 만나는 그 많은 낯선 사람들과 편견 없이 소통할 수 있게 해주니, 그것이 마법 같은 선물이 아니고 무엇이겠는가. 산에서는 그렇게 낯선 사람들과의 소통에도 행복해지곤 하는데, 하물며 아는 사람, 그것도 좋아하는 누님을 만났으니 얼마나 반갑고 행복했겠는가. 창녕에 계시는 누님은 사촌 중 내 바로 위라 유독 친하게 지내는데, 서로 사는 곳이 멀어 자주 볼 수 없어서 항상 아쉬웠다. 화왕산으로의 산행을 정하고부터 이번 주말을 손꼽아 기다렸던 것도 다시 이런 반가운 만남을 가질 수 있으려나 하는 기대 때문이었다. 하지만, 그런 우연이 매번 일어나진 않을 터, 이번에는 화왕산 산행을 미리 알려드리고 산행이 끝난 후에 뵙고 오리라 생각했다. 그런데 이럴 수가. 타고 갈 버스의 좌석이 부족하단다. 산악회에서 실수로 좌석을 초과해 예약을 받은 것이다. 하지만, 먼저 예약했기에 모른 척, 눈 딱 감고 있으려 했지만, 도저히 그럴 수가 없었다. 좌석이 중복된 분들 중에는 화왕산 산행이 처음인 분들도 있다는 얘기에 할 수 없어 좌석을 양보했다.

주말에 뭐하지? 화왕산 산행을 단념하자 갑자기 시간이 남아돈다. '오랜만에 북한산을 오를까?' 아니면, '밀린 잠이나 실컷 잘까!' 이럴까 저럴까 고민하는데 전화벨이 울린다. 후배 녀석이다. 그런데 이 녀석, 토요일에 관악산을 오르자며 자기가 도시락까지 준비한단다. 어쩐 일이

화왕산 억새평원

지? 평소에 산에 가자면 고개부터 절레절레 흔들던 녀석이었는데, 아무래도 무슨 꿍꿍이가 있는 모양이다. 하지만, 그렇다고 거절해야 할 이유는 전혀 없다. 아, 그래도 화왕산엔 정말 가고 싶었는데 너무나 아쉽다. 괜히 양보했다는 생각이 불끈불끈 들었지만, 이미 돌이키기엔 너무 늦어, 좋은 마음으로 모두의 행복한 산행을 빌어주고, 이 아쉬움은 내일 관악산에서 보충하기로 한다. 더구나 일요일엔 고래산에서 시산제가 있지 않은가. 고래산 산행과 시산제를 잘 마치면, 화왕산에 가지 못한 억울함도 어느 정도 덜 것 같았는데……

토요일 11시에 관악산 입구에서 후배를 만났다. 후배 녀석은 친구라며 두 명을 데리고 왔는데, 그중 한 명은 아가씨다. 결혼할 사람이란다. 그럼 그렇지, 산을 좋아하는 여자친구를 위해 날 판 것이다. 하지만, 그러면 어떠랴. 사랑하는 사람을 위한 배려, 사랑하는 사람과의 소통을 위해 노력하는 모습이 정말 멋져 보인다. 그런데, 기대한 도시락은 산 밑

118

에서 구입한 김밥이 전부다. 역시 너무 믿는 것이 아니었다. 그리고 함께 온 나머지 한 친구는 평상복에 멋진 구두까지 신은 것이 아무래도 속아서 나온 것이 분명하다. 물어보니, 후배 녀석이 굳이 산에 올라가지 않아도 된다고 했다면서 그래도 기왕 왔으니 한 번 가본다 한다. 난감하다. 옷은 그렇다 쳐도 구두가 문제다. 하지만, 본인이 가고 싶어 하니, 갈 수 있는 곳까지만 가기로 약속하고 산으로 든다.

1시간쯤 지났을까? 목적지를 가까운 국기봉으로 정했는데, 구두로는 역시 산행을 할 수가 없어 힘들어 하는 후배의 친구는 중간에 남고 우리 셋은 국기봉으로 향했다. 욕심을 부려 무리한다면 오를 수도 있겠지만, 산에서의 무모한 욕심은 대부분 사고로 이어진다. 산은 겸손한 자에겐 한없이 자애로우나, 자만과 욕심이 가득한 자에겐 커다란 위험이다. 산과 소통하기 위해서는 먼저 자신을 알기 위한 자신과의 소통이 더욱 중요하다. 자신을 정확히 아는 사람은 자만도 욕심도 가질 수 없을 테니 말이다.

국기봉에 흐르는 바람엔 봄의 향기가 가득 담겨 있었다. 모처럼 좋은 날씨, 부드러운 햇볕과 상쾌한 바람, 그리고 가슴 가득 담기는 행복, 산이 베풀어 주는 이 모든 것이 그저 고마울 뿐이다. 물론, 동기가 무엇이었건 날 불러준 후배 녀석한테도 많이 고마운데, 여자친구와 손 꼭 붙들고 입을 귀에 걸고 다니는 모습을 보니, 조금 얄밉기도 했다. 얼마를 그렇게 있었을까. 무언가 좀 허전한 듯하더니, 갑자기 배고픔처럼 후배의 친구가 떠올랐다. 벌써 점심 시간도 한참이나 지났는데, 도시락 들고 기

관악산 국기봉

다리고 있을 그 친구를 생각하니 많이 미안해진다. 그런데 사람 걱정 보다는 배고프다고 먼저 다 먹었으면 어쩌나 하고 도시락 걱정이 앞서니 나도 참 웃기는 짜장이다. 배고픔에 서둘러 후배의 친구가 기다리던 곳으로 돌아가 소박한 도시락을 펼치고, 부드러운 햇살 아래에서 나른한 봄날의 오후를 오래도록 즐긴다. 오랜만의 가벼운 산행이었지만, 산과의 소통은 여느 때와 다름이 없다.

즐거움은 거기까지였다. 그렇게 산행을 마치고 바로 헤어졌으면 좋았을 것을, 이대로 헤어지기가 서운하다고 파전에 막걸리로 간단하게 한잔하자던 것이, 시간이 지날수록 잔은 병으로 쌓였고, 나중엔 몇 명이 새로 가세해 자리를 옮겨가며 밤늦게까지 부어라, 마셔라. 산행이 아니라 주행(酒行)이었다. 아무리 좋게 얘기하려 해도 술이 너무너무 과했다. 다음 날 산행을 생각했었다면 도저히 그럴 수는 없었을 텐데, 왜 그랬는지 모르겠다. 하지만, 이미 엎질러진 물. 아직 버스에 타지도 않았는데, 벌써부터 어질어질한 것이 오늘 산행이 어떨지 눈앞에 선하다.

흔들리는 버스. 아무 생각 없다. 부디, 빨리 도착하기를 바라는 마음뿐. 다행인 것은 오늘 시산제 산행지가 먼 지방이 아닌, 가까운 여주라는 거다. 하지만, 시간이 어찌나 길게 느껴지는지 부산까지 왕복하고도 남았을 것만 같다. 다음부터 산행 전날에 술 먹으면 사람이 아니라고, 마셔도 너무 마셨다고 스스로를 타박하는데 드디어 버스가 멈춘다. 하지만, 버스에서 내렸어도 하늘은 여전히 빙그르르 어지럽게 돌아간다.

오늘 산행의 들머리는 마을을 지나 한참을 올라가야 한다. 모두가 등산화도 고쳐 신고 스틱도 들었지만, 나는 등산화 끈도 대충 묶고, 스틱은 그냥 배낭에 매단 채 힘겹게 터덜터덜, 맨 뒤에 처져 걷는다. 내 걸음이 꼭 도살장으로 끌려가는 소걸음이다. 그런데, 누가 소매를 당기며 빨리 가자고 한다. 산악회에서 친해진, 가끔 함께 산행을 했던 어르신인데, 전직 교장선생님이셨단다. 오랜만에 뵈어서 반가웠지만, 선생님의 걸음을 따라가기에는 지금의 내 상태로는 턱도 없는 노릇이다. 하지만, 내 상태를 모르는 선생님께서는 자꾸 선두로 앞서 가자고 하신다.

‘선생님, 절 업고 가시면 안 될까요?’ 목구멍까지 올라온 말을 억지로 삼켰다.

계곡을 올라 능선에 섰다. 하늘은 이제 노랗다 못해 빨갛게 보인다. 내 얼굴이 심상치 않았는지, 대장님 친구 한 분이 어디 아프냐고 물어서 술 때문이라고는 못하고 몸살이라 했더니, 땀을 쫙 빼야 한다며 어서 가자고 잡아끄는데, 정말 죽을 것 같아서 먼저 가시라고 고개를 젓고 그저 살인미소만 날린다. 이렇게 힘들 줄 몰랐느냐고 나무라는 산의 목소리가 귓가에 울린다.

고래산에 올랐다. 어찌나 어지럽고 숨이 차는지 에베레스트는 못 가봤지만, 아마 이러지 않을까 싶다. 드디어 고래산 정상. 둘러보니 일행 중에서 교장선생님만 보이지 않는다. 역시, 바람처럼 달려가셨나 보다. 정상에 이르는 능선은 계곡과 같이 온통 낙엽으로 쌓여 있어 걷기는 힘들었지만, 운치는 그만이었다. 더구나 폭 2~3미터의 좁은 능선길 옆으로 펼쳐진 아찔한 전경은 이렇게 힘든 와중에도 걷는 재미를 더해 주었다.

모두가 간단히 간식을 먹는다. 그런데, 누가 술도 꺼낸 모양이다. 대장님이 다가와 한잔 주셨는데, 그 술이 마치 사약으로 보여 손사래까지 쳐서 겨우 피하고, 방울토마토만 몇 알 얻어 배낭에 굴러다니던 초코바 한 개와 함께 겨우겨우 목으로 넘기고, 물통의 물을 절반 넘게 비웠지만, 뒤집어진 뱃속은 진정될 기미를 보이지 않는다. 정말 괴롭다. 그런데, 더 쉬고 싶은 마음이 간절한 나와 달리, 쉴 만큼 쉬었으니 이제 출발하자며 모두 일어선다. 아, 정말 울고만 싶다.

늘 행복하고 안전한 산행이 되게 하소서.

고래산 초입

고래산에서 한참을 내려온 안부. 능선은 바로 솟구쳐 다시 한참을 오른다. 숨은 턱까지 차오르고 무릎도 후들후들 갈지자를 그린다. 비 오듯 쏟아지는 땀에 옷이 흠뻑 젖고도 한참을 지나고 나서야 우두산 정상에 닿았다. 어떻게 올라왔는지 기억도 나지 않는다. 하지만, 우두산에 올랐으니 이제 하산하는 일만 남았다. 다행이다. 그래도 죽지 않고 살았다. 햇볕 좋은 곳을 골라 앉아 온몸 가득 흘린 땀을 바람에 맡긴다. 두 다리가 후들거릴 정도로 힘겨웠던 오르막이 남아 있던 술기운을 모두 짜내기라도 했는지, 이제야 조금씩 속이 편해지고, 하늘도 다시 푸르게 보인다. 아직은 차가운 바람이 귓전을 간질이며 속삭인다. 산은 준비된 자에게만 관대하다고.

　후미를 마감하라는 대장님의 말씀이 오늘따라 어찌나 고마운지 모르겠다. 일행은 모두 내려갔고, 쓰리고 아프고 울렁거리던 뱃속도 어느 정도 진정이 되었지만, 그래도 한참을 앉아 해바라기를 즐긴다. 만약 혼자 온 산행이었다면 아마도 한숨 자고 내려갔을지도 모르겠다. 하지만, 더 앉아 있기엔 시간이 너무 많이 흘러 시산제를 지낼 고달사 터를 향해 천천히 일어나 걸음을 옮긴다. 오늘은 비록, 해발이 낮은 산의 짧은 산행이었지만, 능선을 타고 넘는 아기자기한 고운 산길은 여느 산처럼 아름다웠다. 산행 내내 만난 아름드리 적송들은 눈과 코를 즐겁게 했고, 능선을 수북이 덮은 낙엽과 흙길의 부드러움, 그리고 그 길 위를 걸어 온 두 발은 이렇듯 행복한데, 아쉽게도 뱃속은 전날의 주행으로 행복하질 못했다. 지켜질지 알 수 없겠지만, '다음엔 절대'를 마음 깊이 외치면서 걸음을 서두른다.

　고달사 절터. 몇 기의 부도와 비석의 기단만 남아 있는 고달사는 신라 시대의 대사찰이었단다. 얼마나 컸었는지 절터 앞에 있는 작은 언덕은 절을 찾는 사람들의 신발을 턴 흙으로 쌓였다고 '신털이봉'이라고 부른단다. 물론, 발굴 작업이 멈춰 있는 터만 보더라도 그 규모는 충분히 짐작이 된다. 절터가 내려다보이는 산자락에서 올 한 해 산행의 안전과, 회원 모두의 건강과 행복을 비는 시산제를 지낸다. 모두의 마음을 담아 잔을 올리고 축원을 하며, 모두의 소망이 이루어지는 행복한 한 해가 될 수 있기를 기원한다. 시산제를 마치고 늦은 점심을 먹자 시산제를 시작할 때부터 어두워지기 시작했던 하늘이 조금씩 비를 뿌린다. 이제는 돌

아가야 할 시간. 서둘러 자리를 정리하고 차로 향하는 사람들 어깨 위로
조용히 봄을 깨우는 비가 내려앉는다.

차창 밖에 맺힌 빗방울이 흐른다. 가라앉는 마음. 마음엔 지나간 날들
과 다시 맞을 날들이 맺힌다. 눈물이 고인다. 그러나 슬프진 않다. 그저
나는 소망할 뿐이다. 저 산들과, 또 이 길 위에서 언젠가는 진정한 내 자
신을 만날 수 있기를 오늘 다시 소망할 뿐이다.

시산제를 찾은 '산이 꾸는 꿈' 식구들과 함께.

내겐 너무도 특별한

아직은 마른 햇볕. 하얗게 눈부신 기분 좋은 졸음이 밀려온다. 봄은 고양이라고 한 누군가의 말대로 봄 햇살은 나를 고양이처럼 졸게 만든다. 나른한 졸음을 참으며 후배들과 이런저런 얘기를 나누다 보니 벌써 장암리. 버스는 평소보다 조금 일찍 도착했다. 좁은 좌석과 씨름하느라 굳어진 몸을 가을을 닮은 하늘이 푸르게 맞아준다.

속리산. 아무리 좋은 날씨여도 봄의 속리산은 그리 매력적이진 않다. 하지만, 속리산은 그 자체로 내겐 특별한 곳이다. 근래 들어 성원이 되지 않아 취소된 몇몇 산행처럼 속리산 산행 역시 취소되었더라도 아마 나는 혼자서라도 속리산을 찾았을 것이다. 그래서 미리 버스 편을 알아보고 예매까지하면서, 속리산 산행을 포기하지 않으려 했는데 거기에는 몇 가지 속리산의 각별한 기억 때문이다.

첫 번째 기억.

언젠가 맑은 여름의 토요일 오후. 어쩌다 보은에 갈 일이 생겼고, 그렇게 해서 또 어쩌다 보니 속리산. 아무런 준비도 없이 무슨 마음으로 그랬는지, 오후 3시가 넘어선 시간에 가볍게 걸으려 했던 걸음은 뭔가에 이끌리듯 경업대에 올랐다. 법주사에서 세심정으로 향하는 길에 가득했던 늦은 오후의 눈부신 여름. 아마도 그 눈부신 오후가 날 그렇게 만들었지 않았나 싶다. 그렇게 오른 경업대. 한참을 앉아 여름 저녁의 황홀한 일몰에 넋을 놓고 있다 보니, 어느새 미지근하고 끈적끈적한 여름의 어둠이 주위를 덮고 있었다. 정신을 차렸을 때는 이미 너무 늦어 있었다. 덜컥 겁이 났다. 헤드램프는커녕 라이터도 하나 없었으니 겁이 날

수밖에. 태양은 지평선 아래로 어느새 얼굴을 감췄고, 노을 져 붉던 하늘도 빛을 잃었다. 조금이라도 더 늦기 전에 서둘러 내려가야만 했다. 하지만, 어둠을 더듬어 내려갈 걱정에 눈앞이 캄캄해진 나를 밤 그림자는 더욱 짙게 에워쌌다.

다행히 달이 밝았다. 달빛 아래에서 두 손도 발삼아 더듬거리며 엉금엉금 기었고, 달빛마저 닿지 않는 곳에서는 휴대폰 화면의 빛으로 길을 비추며, 30분이면 족한 길을 2시간 넘게 헤매어 세심정에 도착했다. 온몸은 식은땀으로 범벅이었다. 그래도 무사히 내려온 것이 얼마나 다행스럽던지. 하지만, 그곳이 끝이 아니었다. 세심정부터도 상가가 있는 곳까지는 다시 한참을 걸어, 법주사를 지나서도 더 가야 했다. 그런데 그 긴 길의 어둠 속을 지나야 한다고 생각하니 갑자기 겁이 나기 시작했다. 경업대에서는 어떻게든 내려가야 한다는 생각만으로 꽉 차, 다른 생각

문장대에서 본 전경

할 겨를이 없었는데, 어쩐 일인지 그날따라 어둠은 두려움으로 발목을
잡았다. 어둠이 무섭기는 정말 오랜만이었다.

　칠흑같이 어두운 산. 희미한 달빛으로 창백한 길을 걸었다. 스스로의
발소리에 놀라며 걷다 서기를 반복하던 나는 걸음을 멈췄다. 어디쯤이
었을까? 조금은 익숙해진 어둠에 고개를 들 여유가 생겨, 이리저리 두리

번거리던 내 눈에 하늘을 가로지르는 별똥별 하나가 들어왔다. 멈춰진 걸음. 두 눈은 유난히 길게 이어지던 별똥별의 꼬리를 쫓았다. 짧은 순간이 지나고 이내 사라진 유성. 두 눈에 남은 빛의 여운은 어둠도 잊고 한참을 그렇게 하늘을 보며 서 있게 했다.

멈춘 걸음, 멈춘 내 발자국 소리. 귀가 열렸다. 그때 내 발걸음 소리에 묻혀 있던 산의 목소리가 들렸다. 내 눈과 귀를 막고 있던 어둠이 걷히며, 바람소리, 물소리, 여린 듯 강하게, 따뜻하고 서늘하며, 부드럽게 내 가슴을 울리던 산의 목소리. 산의 온갖 목소리가 내게 말을 건넸다. 그 목소리는 귀로 듣는다기보다, 마치 눈에 보이는 것만 같았다. 바로 그 순간, 거짓말처럼 어둠이 사라졌다. 더 이상 어둠은 두렵지 않았고, 오히려 어둠으로 가득한 그 길 위에서 나는 평온을 얻었다. 산은 내게 이야기했다. 눈에 보이는 것만이 중요한 것은 아니라고, 목소리에 들어 있는 마음을 들으라고 내 가슴에 속삭였다.

그날 그 순간, 내 가슴은 완벽하게 산과 하나가 되었다. 그 일체감은 온몸 가득 전율의 소름을 돋우었고, 가슴이 열리자 빠르게 걷던 걸음을 늦춰, 별이 총총한 하늘이 수놓인 길을 따라 따뜻한 어둠에 안겨, 바람과 함께 법주사를 지나 세상으로 나갔다. 그날의 그 기억이 바로 내게 속리산을 각별하게 만드는 첫 번째 이유이다.

두 번째 기억은 지난 가을의 기억 때문이다. 신선대에서 천황봉까지, 겨울을 앞둔 늦은 가을의 따스함이 가득했던 그 길을, 전세 낸 듯 혼자 걷던 황홀한 기억 때문이다. 다시 생각해도 그날의 그 따스함은 지금도 나를 행복하게 한다. 해서, 그것이 두 번째 기억.

　시여동 매표소를 지나 문장대로 오르는 계곡. 햇볕이 닿지 않는 계곡은 여전히 얼음으로 가득했고, 곳곳엔 아직도 잔설이 쌓여 있었다. 하지만, 모두 지나간 겨울의 흔적일 뿐, 등산로 주변을 가득 메운 산죽은 봄볕에 하얗게 빛났고, 잔뜩 물오른 나무들은 가지마다 새순을 돋우었다. 이제 햇살은 봄을 서둘게 한다. 황사가 온다는 일기예보도 속리산을 찾는 사람들을 막진 못한 듯, 문장대로 오르는 길엔 사람들로 가득하다. 왁자지껄한 소란함. 그것이 사람 사는 모습이라 생각되지만, 산에서 만나는 소란함엔 마음이 불편하다. 조금이라도 타인을 생각한다면 그렇게 소란스럽게 떠들지는 않을 것이다. 부디 서로를 배려하는 마음을 모두가 갖기를 바란다.

　문장대. 사방으로 막힘 없는 전망은 두 눈은 물론, 올라선 사람 모두의 가슴을 하늘 멀리, 지평선 너머까지 틔워주는 듯하다. 세 번 오르면 극락에 간다는 기분 좋은 전설도 한몫하겠지만, 가슴 깊은 곳까지 후련하게 하는 문장대의 전망은 속리산의 주봉인 천황봉보다 인기가 많은 이유 중의 하나이리라. 아직은 차가운 바람 속의 문장대에서 그날의 그 밤을 다시 그리워했다.
　문장대 밑에 위치한 휴게소에서 점심을 먹는다. 후배 한 녀석의 도시락이 제법 푸짐한 것이, 셋이 먹어도 남을 만큼인데, 거기에 휴게소에서 산 컵라면 2개와 김치 한 접시를 더하니, 역시 언제나처럼 맛있는 식사, 행복한 시간이다.

오늘은 천황봉까지 가기로 했다. 짧지 않은 길이라 서둘러 식사를 마치고, 발목이 아파 문장대에서 바로 하산하겠다는 이명순, 김주연 대장님과는 세심정 휴게소에서 만나기로 약속하고, 두 후배와 나는 천황봉으로 향한다. 이명순 대장님은 올라오기 전부터 발목이 안 좋아 배낭도 놓고 오셨는데, 짧은 구간이었어도 아무래도 무리가 된 듯하다. 부디, 무사히 내려가시길 바란다.

따스한 봄볕이 언 땅을 녹여 능선 곳곳을 진흙탕으로 질퍽거리게 만들었다. 조금 일찍 나선 듯, 천황봉으로 향하는 능선은 사람들로 북적이는 문장대와는 반대로, 오고 가는 산객들은 어쩌다 간간이 한두 명, 능선엔 졸린 봄 햇살만이 한가로이 일렁였다. 한가롭기만 한 봄볕 속을 걷는 속리산의 능선은 그 가을처럼 너무도 평온했다. 그런데, 가면 갈수록 길은 더욱 질퍽거려, 그 길을 걸어 천황봉까지 간다는 것은 쉽지 않았다. 진창으로 변한 길은 시간과 체력을 평소보다 더 많이 요구하는데, 그렇지 않아도 장시간의 산행이 익숙지 않은 한 후배가 힘겨워 보였다. 하지만, 조금 더 지켜보기로 하고 다시 얼마를 걸었다.

천황봉에 오르는 것은 단념하기로 한다. 천황봉을 오를 수야 있겠지만, 안전하게 하산하기 위해서는 아무래도 더 이상 무리해서는 안 될 듯했다. 고심 끝에 망설이다, 후배들에게 신선대에서 하산하자고 말을 꺼냈다. 그러자, 천황봉을 오른다고 들떠 있던 후배 녀석의 얼굴이 실망으로 어두워진다. 이럴 때면 참으로 난감하다. 사람마다 각자 산행 능력이 다르니, 어찌 모두가 만족할 수 있겠는가! 그저 서로 배려하고 양보할 수밖엔 없을 것이다. 잠시 말이 없던 후배. 난감해 하는 나를 위해 그렇게 하자고 양보를 한다. 다음에 오르면 되니까 상관없다며 도리어 밝은 웃음을 지어 보이는 후배한테 미안함과 고마움만 생긴다. 물론, 다른 녀석은 좋아서 밝게 웃는다.

그렇게 우리는 함께 웃었다. 비록 모두가 만족스러운 결정은 아니었으나, 우린 그렇게 마음을 합쳤고, 작게나마 소통할 수 있었다. 배려와 양보, 그 따뜻한 마음은 상대방을 기쁘게 한다. 그러나 상대방에게 주는 기쁨보다 더욱 큰 행복을 얻는 것은, 배려하고 양보하는 자기 자신이다. 베푸는 것으로 행복해지듯이, 배려와 양보는 스스로 행복해지는, 세상과 소통하는 방법 중 하나이리라. 진창으로 변한 능선 위에서, 우리는 서로 배려하고 양보하며 소통할 수 있는 방법을 산에게 다시 배운다.

신선대 휴게소를 조금 지나 신선대에 도착한 우리는 법주사를 향해 경업대로 내려섰다. 경업대. 옛날 임경업 장군이 젊은 시절 수련을 했다는 곳이다. 경업대 뒤로는 문수봉, 신선대, 입석대, 비로봉이 병풍처럼 둘러쳐 있고, 앞으로는 보은 시내를 넘어 지평선 멀리까지 아득하게 막힘이 없다. 오래전 그날처럼 무한정 앉아 해바라기를 즐긴 순 없겠지만, 잠시 쉬어가는 것은 문제가 없으리라.

봄볕이 서늘한 바람을 타고 얼굴을 간질인다. 햇살 가득 머금어 따뜻한 온기를 전하는 바위에 앉은 육체는 무거운 배낭을 벗고 산에 안겼다. 일상의 상념에 붙잡혀 있던 가슴은 스스로 갇힌 머리에서 벗어나 잠시나마 자유를 얻는다.

경업대에서 세심정 내려가는 길에는 봄이 가득하다.

피할 수는 있어도 도망칠 수는 없었다. 떠날 때마다 돌아갈 수밖에 없었고, 다시 돌아간 일상은 모든 것이 잠시 멈춰 있었던 듯, 떠날 때와 한 치도 다름이 없었다. 온몸 가득한 욕심을 버리지 못하는 한, 아무리 멀리, 아무리 많은 시간을 헤매어도 용기 없는 자책에 지친 가슴으로, 늘 그렇듯 다시 돌아가야만 했다. 서글펐다. 용기 없는 내 가슴이 서글펐고, 그치지 않는 욕심 또한 어쩔 수 없노라 체념도 했었다. 스스로 선택할 수 있음에도 그 길을 가지 못하는 내 자신이 원망스럽기만 했다. 그런데, 그것조차 욕심이라 한다. 산은 그 마음조차 욕심이라며, 스스로를 사랑하지 못한다면 영원히 살아도 바뀔 수 없다 한다. 욕심을 버리려면 먼저, 자기 자신을 사랑하라 한다.

내가 누구인지 가슴에 나를 물었다. 그렇게 나는, 나를 사랑하기로 했다. 그러나 적지 않은 시간이 지난 지금, 비워진 내 욕심이 얼마인지 나는 알지 못한다. 스스로를 얼마나 사랑하는지도 알 수가 없다. 하지만, 이것은 안다. 일상을 떠나 답을 찾던 가슴이, ㄱ 어떤 해답도 없이, 아무것도 변한 것이 없는 일상으로 다시 돌아가더라도 예전의 그 가슴은 아니라는 것을. 삶은 바뀌는 것이 아니라, 스스로가 바꾸는 것임을. 내 가슴이 바뀌면 삶 또한 바뀐다는 것을 이제는 안다. 나를 사랑하는 순간, 나의 삶은 바뀌고 있었다. 삶을 바꿀 수 있는 힘은 이미 내 안에 있었던 것이다. 그때부터 욕심을 버리는 것에 연연하지 않기로 했다. 버리기 위해 애쓰는 그 자체가 욕심에 대한 집착이라는, 그 모든 욕심들이 먼지만큼이나 가벼운 것이라는 생각이 들었다. 사랑하는 자신을 위해, 자신이 진정 원하는 삶에 있어 욕심은 한낱 먼지에 불과할 것이다. 스스로를 사랑한다는 것은 그만큼 자신을 믿는다는 것, 그런 믿음으로 선택한 삶이라면 그 삶을 어찌 사랑하지 않을 수 있겠는가! 원하는 삶을 사는 사람만큼 자신을 사랑하는 사람이 또 있을까? 그 삶이 어떠한 모습이건, 자신이 진정으로 원하는 삶을 사는 사람은 세상에서 가장 행복한 사람이리라.

경업대를 지나 세심정으로 이어진 계곡을 따라, 아기자기 하게 나 있는 봄길을 걸었다. 숲을 울리는 새들의 지저귐, 계 곡을 흐르는 청량한 물소리에 걸음은 가벼웠고, 세속을 향하 다 뒤돌아본 계곡 위로 하늘은 조용히 웃고 있었다. 눈부신 햇 살 가득한 길 위에 행복한 가슴이 그곳에 있었다.

언제쯤이려나. 가슴 가득한 이 욕심으로부터 자유로울 수 있을 그날이!

여름의 시작

산은 아름답다.
길 또한 아름답다.
이것이야말로 내가 원하는 삶이라
생각해보지만,
답답할 정도의 미련으로 가슴만 치는 내게
산은 아직 멀었다 한다.

돌아본다.
지나온 길 저 멀리 아득하고
아직도 가야 할 길 그 끝을 가늠키 어려운데
이리도 많은 미련 어찌해야 하는가.

이제 다시 돌아가야 할 시간.
허나, 진정 돌아가야 할 곳이 어디인지
오늘도 스스로에게 묻지만
언제나처럼 들려오는 침묵.

어디쯤 와 있는 것일까
얼마나 남은 것일까
오늘도
길 위에서
길을 묻는다.

진고개 넘어 노인봉으로 가는 길.

숲 속으로 걷는다. 맑은 그림자를 드리우며 햇빛은 나뭇잎 사이로 하
얗게 흩어진다. 능선 너머로 아득히 들려오는 바람의 포효에 발을 멈추
고 가만히 귀 기울이면, 어느새 달려온 바람은 파도치듯 나를 휘돌아 부
서지고, 바람 뒤에 남겨진 숲은 바다가 되어 일렁인다.

눈 뜨기 힘겨운 강한 햇볕에 온몸은 이내 땀으로 젖어버렸다. 딛는 걸
음마저 어느새 천근만근 무거워진다. 얼마를 더 걸을 수 있을까? 이 힘
겨움은 대체 언제까지 계속될 것인가! 하지만, 길 위에서는 흘리는 땀
한 방울 한 방울, 그리고 두 발을 조여 오는 고통, 이들 모두가 기쁨이고
보상일 것이다. 그처럼 삶 또한 그 자체로 행복일 것이다. 영원할 수 없

는 삶. 이 길 위에서 언젠가는 끝이 날 나의 걸음. 그러나 늘 자신과 소통하며 항상 깨어 있을 수만 있다면, 그 고통과 한 방울의 땀에도 나는 감사해 하리라.

언제였던가. 나에게 삶은 매일매일 죽어가는 것. 그 이상도 이하도 아니라고 믿으며 절망을 찾아 헤매던 때가 있었다. 많은 시간, 많은 날들을 개똥철학을 읊으며 염세를 자처했던 때가…… 그리 오래된 것이 아닌 지금의 내 모습, 지금과는 다른 생각과 모습의 내가 문득 가슴 아프다.

아주 오래전 초등학교 2학년 여름. 토요일로 기억되는 그날, 지금은 이름조차 기억하지 못하는 한 친구의 죽음.

청소당번이 아니었던 나는 집에서 어머님이 말아주신 국수를 먹고 있었다. 그때, 가쁜 숨으로 우리 집 마당으로 뛰어온 친구 녀석이 다른 한 친구의 죽음을 전한다. 설마하며 함께 달려간 사고 현장엔 불과 몇 시간 전까지만 해도 함께 웃던 친구가 누워 있었다. 점심 먹고 같이 놀기로 약속까지 했던 그 친구가.

가파른 언덕길 위에서 작은 돌 몇 개로는 12톤 연탄트럭을 세워 놓을 수 없었다. 트럭은 고임돌을 넘어 뒤로 내려가기 시작했고, 언덕길 아래에서 그 모습을 본 친구는 서너 개의 계단을 올라 작은 의상실 쇼윈도에 기대어 차를 피하려 했다. 하지만, 경사면을 혼자 내려가던 트럭의 방향이 갑작스럽게 친구 쪽으로 틀어져 친구와 의상실을 덮쳤던 것이다.

눈물도 나오지 않았다. 그저 부들부들 떨며 서 있을 수밖에 없었다. 한참을 떨었던 기억. 그러다 친구냐는 누군가의 물음에 정신을 차린 나는 선생님께 전화를 했고, 다시 돌아간 사고 현장엔, 어느새 친구의 가족이와 있었다.

"이 더운 날 그 먼 길을, 점심도 못 먹고 배고파서 어떻게 가려고, 밥이라도 먹고 가지, 밥이라도 먹고 가지……."

오열하는 가족 중에서도 바닥에 주저앉아 통곡하시던 친구 할머님의 슬픔과 안타까움은, 지금도 잊혀지질 않는다.

이상했다. 그전까지는 죽는다는 것이 무엇인지 몰랐고, 알 수도 없었고, 알고 싶지도 않았었다. 지금은 어떨지 모르겠지만, 그때 초등학교 2학년 아이가 죽음에 대해 무슨 생각이나 관심이 있었겠는가! 그런데, 어느 날 친구가 사라져 버린 것이다. 매일 함께 공 차고 술래잡기, 다방구, 구슬치기를 하던 친구가 하루아침에 사라져 버린 것이다. 믿기지가 않았고, 실감이 나질 않았다. 교실을 들어설 때마다, 그 친구가 꼭 먼저 와서 기다리고 있을 것만 같았다. 하지만, 친구를 다시 만날 수 없음은 이미 알고 있었다. 다만, 다시는 그 친구를 만날 수 없다는 사실을 인정하기 싫었고, 인정하지 않으려 했을 뿐이었다. 사랑하는 가족과 친구들 사이에서 사라져 버리는 죽음. 언제이건, 또 누구이건 모두가 그렇게 될 수 있다는 사실을 인정하기 싫었기 때문이었다.

무서웠다. 그때부터 인간 관계가 무서워졌다. 친구 할머님의 그 큰 슬픔. 내 죽음 뒤에는 누구도 그렇게 슬프게 만들고 싶지 않았다. 그래서 누구와도 친해지면 안 된다는 생각에 어린 마음은 그렇게 혼자가 되어 갔다. 그렇게 젊은 날 나를 붙잡고 있던 염세의 시작은 아마도 그날, 그

때 부터였는지도 모르겠다.

　시간이 흐르고 다시 많은 날들이 지났다. 아이는 소년이 됐고, 소년은 다시 청년이 됐다. 어린 시절의 많은 날들을 악몽에 시달리게 했던 죽음은, 무서움에서 체념이 됐고, 체념은 한때 동경으로 바뀌어 이내 염세로 돌아섰다.

　절망을 찾아 헤매던 그때. 절망의 바닥까지 가겠노라 호기를 부리던 그 시절의 어느 날. 절망의 끝에는 다시 절망만이 있을 뿐, 그 바닥은 무저갱(無底坑)보다 더 깊고, 깊을 뿐이라는 것을 깨닫게 된 순간, 다시는 내 자신으로 돌아가지 못하리라 겁이 난 나는, 너무도 많은 시간을 잃었다는 두려움에 모든 것을 포기하려 했었다. 모든 것이 귀찮고 부질없기만 했었다.

　산을 만났다. 무심히 푸른 하늘이 거기 있었다. 가쁜 숨을 토하며 오른 산정에서 만난 바람은 희망이었다. 나조차 모르고 있던 내 안의 희망을 산은 이야기했다. 먼지처럼 살라 했고, 바람처럼 살라 했고, 무엇으로라도 살라 했다. 나한테 주어진 길이라면 어떠한 길이라도 가라 했다. 그것이 내가 살아야 할 이유라 했다. 그리고 찾으라 했다. 나를 찾으라 했다. 스스로의 삶을, 스스로의 길을, 진정으로 내 가슴이 원하는 길을 찾아가라 했다. 힘들고 어려울지라도 언제나 포기하지 말라 했다. 죽음은 늘 삶과 함께 있으니 특별할 것도 없다 했다. 두려워할 것도, 준비할 것도 없다 했다. 이 길 위에서는 죽음도 삶이라 했다. 모든 것을 갖되 소유하지 말라 했다. 살아가는 이유는 따로 있지 않다 했다. 삶, 그 자체가 이유라 했다. 가슴을 울리던 그 소리. 그때 비로소 나는 내 자신과 마주 설

몇 년을 한결같이 아껴 온 내 모자가 그만, 바람에 솟구쳐 하늘로 날았다.

수 있었다.

어느새 다시 어른이 된 청년. 죽음은 그저 삶의 다른 모습이라고, 죽음 또한 삶의 일부라고 믿게 된 청년의 가슴속에는 아직도 염세의 그 흔적이 아련히 남았다.

노인봉에 올랐다. 진고개에서 시작된 1시간여의 짧은 운행. 바람에 부푼 가슴으로 선 노인봉. 동해를 달려온 바람은 거센 돌풍이 되어, 무엇이라도 붙잡지 않고서는 몸을 가눌 수 없게 했다. 그런데도, 그 바람 안에서, 한 장의 사진으로라도 난 흔적을 남기고 싶었을까? 카메라를 들고 두리번거리던 내게 누군가 웃음 지으며 손을 내밀었고, 카메라를 맡긴 나의 빈손은 정상석을 붙들고 몸을 지켰다. 그러나 찍어주길 자청한 사람은 휘청휘청, 거센 바람에 맥을 못 춘다. 바람은 온몸 가득 흐른 땀을 어느새 모두 앗아가 버렸고, 하나둘, 신호에 맞춰 어렵게 시간을 멈추던 순간, 몇 년을 한결같이 아껴 온 내 모자가 그만, 바람에 솟구쳐 하늘로 날았다.

바람 타고, 하늘로 높이 높이 내게서 멀어지는 모자. 눈으로 쫓던 나는 문득, 하늘을 날고 있는 나를 가슴으로 그려본다. 날아가는 모자처럼 그렇게 날고 있는 나. 찰나! 어느 짧은 순간에 나는, 모자가 아닌 내가 날고 있기를 어쩌면 바랐는지도 모르겠다. 그 순간 나는 그렇게, 분명 자유롭고 싶었다. 하지만, 표석을 붙잡고 있던 내 두 손. 굵은 힘줄까지 도드라져 있던 내 손이 내게 헛웃음을 웃게 했다. 그렇게 잃어버린 모자. 나의 한 부분이 떨어져 나가는 듯 마음이 아팠지만, 나의 마음 한쪽이 산의 일부가 된 것이라 위안을 삼는다.

자유를 찾아 날아간 모자를 뒤로 하고, 소금강계곡을 향해 노인봉을 내려섰다. 노인봉 산행에서 본격적인 산행은 여기서부터. 진고개에서 정상까지는 1시간 10분 정도의 짧은 시간이면 오를 수 있지만, 정상에서 소금강계곡을 지나 주차장까지는 4시간 전후의 시간이 걸리는 까닭이다. 노인봉 산행에서는 하산을 더 조심해야 한다. 특히, 노인봉 밑의 무인 대피소에서 5분여를 지나 시작되는 급경사의 내리막 계단길은, 다람쥐도 울고 갈 만큼 경사가 심하다고 '다람쥐 눈물받이 고개'라 부른다. 이 구간에서는 천천히, 무리하지 않고 조심해야 한다. 괜히 빨리 내려간다고 서둘러 뛰기라도 했다가는 산행을 마치기도 전에 영락없이 아픈 무릎으로 절룩거리게 된다. 그렇게 무인 대피소로부터 1시간 정도 내려가면 낙영폭포를 만나게 되는데, 여기까지가 난코스라면 난코스. 하지만, 이후부터는 수많은 폭포와 담, 소, 그리고 기암괴석이 어우러진 소금강계곡의 절경을 따라, 큰 어려움 없이 아기자기한 길을 따라, 백운대와 만물상, 구룡폭포를 지나 무릉계에 닿았다.

그날. 길은 여름으로 뜨거웠다. 따갑도록 뜨거운 태양보다 더 뜨거운 내 가슴을 태양이 가득한 길 위에서 나는 다시 보았다. 먼지처럼 부유하며 길 위에 서 있는 지금, 산은 내 영혼을 깨우는 나의 길, 내 삶의 길이다. 걸음은 멈추어져도, 이 길은 결코 끝나지 않을 것이다. 죽음을 넘어

선 내 영혼 역시, 언제까지고 이 길 위에서 행복하리라.

내 가슴에 남은 또 하나의 행복한 산행. 봄인가 싶었는데, 어느새 여름은 내 곁에 있었고, 짙푸른 잎들 위로 태양은 뜨거웠다. 이제 수없이 피어날 산길 곳곳의 이름 모를 풀꽃들이 이 여름 속으로 날 이끌리라.

가자! 여름 속으로.

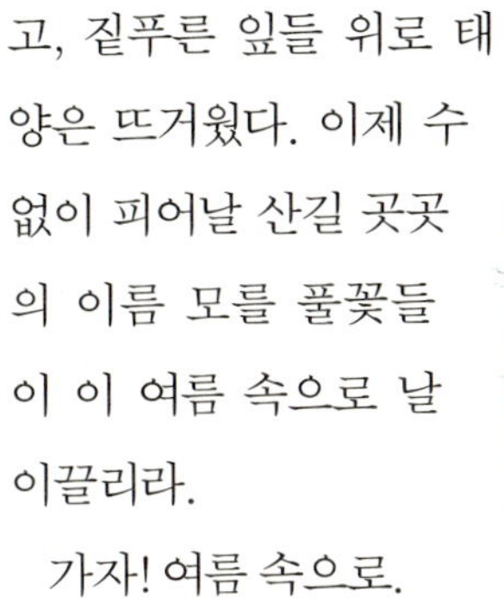

함께 산행을 한
이명순 대장

알 바 의 추 억

─ 민간인들의 산행

다행히 걱정했던 비는 내리지 않는다. 하지만, 차라리 비가 내렸으면 싶을 정도로 후덥지근한 것이 오늘 더위를 짐작케 한다.

 이번 정기산행의 목적지는 철원의 금학산이다. 한여름이니 산행보다는 래프팅을 하자는 클럽의 의견이 많았지만, 산행클럽에서 정기산행에 산행을 하지 않는다는 것은 말이 되지 않으니, 산행에 래프팅을 추가하는 쪽으로 의견을 모아 1박을 하기로 했다. 토요일 오후에 산행을 하고, 1박한 다음 일요일 아침에 래프팅을 하는 일정으로 일찍부터 행사를 공지했더니, 클럽의 절반에 가까운 회원들이 참여를 약속했다. 하지만, 어찌 계획대로만 될 수 있으랴. 아쉽게도 이러저러한 사정으로 최종 참여 인원은 9명. 하지만, 차 두 대로 번잡하지 않게 다녀올 수 있을 테니 인원이 많지 않은 것도 나름 나쁘지 않으리라. 하지만, 서로 자기의 차로 가자고 고집하니 내 차는 그냥 스튜디오에 세워두기로 한다. 오랜만에 장거리 뛴다고 전날 세차도 깨끗하게 하고 정비도 받느라 제법 지출이 많았는데, 그 비용이 너무 아깝다.

 출발이 늦었다. 게다가 쉬엄쉬엄, 도중에 점심까지 먹느라 평소보다 두 배나 시간이 더 걸려 철원 동송 터미널에 도착했다. 터미널로 온 것은 일산에서 혼자 출발해 기다리고 있을 후배 한 녀석을 만나기 위해서였다. 그런데 이 아가씨, 만나자마자 한참을 기다렸다면서 배고파 죽겠다고 투덜거린다. 아직 식사 전이란다. 이런……. 오면서 밥도 먹고 신나게 군것질까지 한 것이 미안한 우리가 아무 말도 못하는데, 꿀 먹은 벙어리가 된 우리를 한참 쳐다보더니 이내 이유를 눈치 채고는, 자신은

금학산

일찍 도착했어도 배고픔을 참고 기다렸는데 너무했다며 밥 먹고 갈 테니 차를 세우라고 화를 낸다. 하지만, 산행 시간이 계획보다 많이 늦어졌으니 그냥 가자고 두 손 모아 싹싹 빌고, 몇 줄의 김밥으로 허기를 때우게 한다. 어쩌나, 미안한 마음이 하늘을 찌른다.

산행 들머리인 동송 초등학교. 산행을 좋아하지 않는 세 녀석이 이런 무더위에 산행을 어떻게 하느냐며 계곡에서 논단다. 처음부터 물놀이와 래프팅만을 생각했던 모양인데, 이 인간들, 설득할 수 있는 인간들이 아니다. 할 수 없이 산행 후 만날 시간을 정하고, 시간에 맞춰 하산하는 곳으로 마중 오겠다는 약속을 받고서 셋을 보낸다. 함께 산행하지 못하는 것이 아쉽기는 하지만, 평안감사도 지가 싫으면 그만인데 어찌할 수 있겠는가. 먼지 휘날리며 신나서 멀어지는 녀석들의 차 뒤꽁무니를 눈으로 쫓다가 금학산을 향해 걸음을 옮긴다.

햇볕은 뜨겁지 않다. 그러나 무덥고 습한 날씨는 땀을 비 오듯 쏟게 했

금학산 마애불상

는데, 설상가상으로 제일 더운 시간에 산행을 시작한 탓에 모두의 컨디션이 엉망이다. 늦은 점심으로 김밥을 급하게 먹은 녀석은 체한 것처럼 속이 울렁거린다 하고, 한 녀석은 차를 오래 타 멀미가 났는지 어지러움이 심하다고 한다. 아무래도 이런 상태로는 산행이 힘들 듯하다. 이대로 산행을 접어야 할까? 걱정과 고민이 발걸음을 무겁게 했지만, 걱정은 나중에 하기로 하고 우선 쉴 곳을 찾는데, 온화한 미소의 금학산 마애불상을 만난다.

옛날, 도선의 예언에도 불구하고 궁예가 진산으로 삼기를 거부했던 금학산. 궁예가 고암산을 진산으로 선택하자 금학산은 사흘 밤낮을 울었고, 그 후에 금학산에서 난 취나물은 써서 먹지 못하게 되었다는 설화가 전한다. 어쩌면 누군가의 얘기처럼 이 마애불은 금학산을 달래기 위해 궁예가 모신 것은 아니었을까? 안내판에 명기된 마애불의 조성 연대인 통일신라 말기에서 후삼국 시대는 궁예가 철원에 도읍을 정한 시기와 같은 시기이지 않은가. 하지만, 누가 세웠는지 지금은 모두 잊혀 한 조각의 구전조차 없으니 흐르는 시간은 참으로 무심하기만 한데, 마애불은 처음의 그 미소 그대로 다시 천 년을 가리라.

얼마를 쉬었을까. 두 녀석이 먼저 출발하자고 한다. 쉬는 동안 많이 좋아졌으니 내려가지 않아도 된다며 정말 괜찮은가 묻는 질문에 둘 다 문제없단다. 그래서 다시 정상으로 향한다. 여전히 후덥지근한 날씨에 온몸이 다시 땀범벅이지만, 여름 산행의 묘미는 또 이런 데 있지 않겠는가. 오가던 말들도 잦아들고 모두 자신과의 대화에 빠져 한 발 한 발 정

상을 향해 말없이 발을 옮긴 지 오
래, 등산로 주변에 가득한 꽃들과
간간이 부는 바람이 한여름 산행
에 힘겨워하는 우리에게 작은 위
로를 건넨다. 얼마를 운행했을까.
능선 쉼터에서 잠시 걸음을 멈추
고 쉴 때 30~40명 정도 되는 한 무
리의 일행이 줄줄이 내려왔는데,
오늘 산행에서 처음 만나는 사람
들이었다. 한쪽으로 비켜서서 조
심해 내려가시라는 우리의 인사
에 고생한다며 밝은 웃음으로 화
답하던 사람들. 많은 인원이 그때
는 조금 부러웠지만, 오붓한 오늘
의 우리도 충분히 행복하다.

금학산 마애불터

　　드디어 정상이다. 쉼터를 떠나서도 다시 땀을 한 바가지나 쏟고서야
정상에 섰다. 금학산 정상 한쪽에는 군부대가 자리하고 있지만, 정상을
나타내는 표지석은 부대와 많이 떨어진 곳에 설치되어 있어 부대로 인
해 산행에 방해를 받지는 않는다. 휴전선에서 가장 가까운 산 중의 하나
인 금학산에서는 북한의 땅이 손을 내밀면 닿을 듯 가깝게 보였고, 산
아래 매우 정교하게 만든 미니어처처럼 놓여 있던 철원시내의 모습은
아기자기하다 못해 귀엽기까지 한 것이 정말 인상적이었다.

탁 트인 전망에 바람 또한 시원하다. 오르며 흘린 땀을 가볍게 식혀주는 바람은 정상에 오른 사람에게 주어지는 작은 보상이리라. 그 바람 속에서 후배들과 신나하면서 사진을 찍던 나는 부대 초소에서 경계를 서며 물끄러미 우리를 쳐다보던 두 명의 병사한테 왠지 미안해져 군인들이 좋아한다는 초코파이라도 한 상자 가져올 걸 하는 실없는 생각도 해봤다. 많이 쉬었던 것일까. 땀이 식은 몸엔 어느덧 바람이 차가운데, 그 차가운 바람 속에서도 정상 표지석 주변에 앉아 김밥으로 식사를 한다. 춥지만 않다면 비록 김밥뿐인 식사라도 바람과 전망을 즐기며 천천히 할 텐데 추위는 어서 내려가라 등을 떠민다. 더구나 산행을 늦게 시작해 마중 올 후배들과 약속한 시간에 맞추려면 이제는 내려가야 한다. 아니, 어쩌면 조금 늦었을는지도 모르겠다. 차가운 바람에 쫓기듯 서둘러 식사를 마치고 일어나 몇 번 눈이 마주쳤던 초소의 경계병들한테 수고하라고 손 흔들어주며, 정상에서 내려와 널찍한 공터의 전망 좋은 헬기장을 지나 하산을 시작한다.

이상하다. 한참을 내려왔는데도 이정표가 보이질 않는다. 미리 답사를 한 후배에게 어떻게 된 거냐고 묻자, 하산하는 길이 아닌 고대산—금학산 종주 길로 잘못 내려왔단다. 답사를 했는데도 길을 잘못 들다니, 이럴 거면 답사는 왜 했냐고 모두가 한마디씩 구박하지만, 이 녀석은 뒷머리만 긁적이며 깜박했단다. 이런 낭패가 있나. 그렇다. 산은 잠깐의 방심과 아무리 작은 자만이라도 이렇듯 크고 작은 대가를 치르게 한다. 산행시간이 짧은데다 이미 길을 안다고 신중하게 길을 살피지 않았으니, 길을 잃은 것은 당연한 결과이리라.

산은 정복하고 즐기는 대상만은 아닐 것이다. 산은 나 스스로 성찰하게 하고 자신을 깨닫게 하는, 어쩌면 스승 같은 그런 존재에 더 가깝지 않을까? 소통을 통해 나 스스로를 깨닫게 하는 산. 산과의 소통, 그것은 온몸과 마음을 열고 산과 하나가 되어, 자신도 그저 자연의 일부임을 가슴으로 알게 되는 순간, 바로 그 순간이라고 나는 믿는다. 그렇기에 내가 아직 온전히 소통할 수 없는 것은 가슴이 아닌 머리로도 깨닫고 있지 못하기 때문이리라.

이미 금학산은 다 내려온 듯했다. 산으로 둘러싸인 넓은 고개 위, 네 갈래 사방으로 뻗은 갈림길 중앙에 선다. 서쪽, 정면으로 향한 길은 우뚝 선 고대산으로 이어지고, 남쪽과 북쪽으로는 넓은 콘크리트 포장의 임도가 뻗어 있다. 등 뒤 동쪽은 금학산에서 내려온 길이다. 힘들긴 해도 가장 확실한 방법은 다시 올라가 처음의 계획된 코스로 하산하는 것이었지만, 약속이나 한 듯 아무도 다시 올라가자고는 하지 않는다. 지도를 꺼내 길을 살핀다. 지도 상으론 북쪽으로 놓인 임도를 따라 금학산을 우회하는 것이 가장 빠른 길. 북쪽으로 향한 임도를 타고 다시 걷는다. (하지만, 이때 우리는 다시 되돌아 올라가 예정된 코스로 하산했어야 했다. 잘못된 것을 안 순간, 그 즉시 잘못을 바로잡고 다시 시작하는 것이 진정한 용기요, 올바른 길로 나아가는 가장 빠른 방법임을 산은 얼마 지나지 않아 깨닫게 해주었다.)

정말 우리가 길을 제대로 선택한 것이었을까? 아니, 이 길이 끝나기는 하는 것일까? 걷고 또 걷지만 길은 끝을 보여주지 않는다. 얼마나 왔는지도, 얼마를 더 가야 하는지도 알 수가 없다. 여름이라 해가 길다고는 해도 이러다 산중에서 밤을 맞을지도 모른다는 불안이 조금씩 고개를 드는데, 설상가상 한 녀석의 발에 생긴 물집이 모두의 걸음을 늦춘다. 녀석은 미안해하며 우리에게 먼저 가라 하지만, 어디 말이나 될 소리던가. 녀석의 말을 못 들은 척 그냥 걷는데, 가슴속 불안함이 조금씩 자리를 넓힌다. 다시 얼마를 걸었을까. 서너 명의 중년의 아저씨들을 만났다. 사람이 이렇게 반가울 수도 있음에 놀라며, 얼마를 더 걸어야 하는지 물었는데, 이분들이 조금 의아하다는 표정으로 우리를 보며, '민간인'들이 어떻게 여기에 있느냐며 5시간 정도는 더 가야 한다고 말씀하신다. 하마터면 '으악'하고 비명을 지를 뻔했다. 하지만, 가까스로 삼키고, 설마 내가 잘못 들었겠지 생각하고 다시 묻는데, 이번엔 다른 분이 절뚝이는 후배를 보며 그런 상태로는 그 시간도 짧은 거라며 내 기대를 무너뜨린다.

온몸의 기운이 다 빠지는 기분이다. 이분들 말대로라면 밤 10시도 넘는다는 얘긴데, 큰일이다. 이미 기다리고 있을 다른 녀석들에게 미안한 것은 나중 문제, 어떻게든 빨리 이곳을 벗어나야 한다. 하지만, 아무리 생각해도 뾰족한 방법이 없다. 돌아가기에는 이미 너무 멀리 와버렸다. 방법은 오직 하나, 그저 앞을 향해 걷는 것뿐이다. 걱정스런 눈빛의 아저씨들에게 고맙다는 인사를 하고 다시 서둘러 걷는데, 아무래도 이대로는 안 되겠다는 생각이 든다. 그래서 발이 아픈 후배와 나를 제외한 녀석들이 서둘러 먼저 가서, 기다리는 놈들의 차를 타고 데리러 오기로 한다.(기다리는 녀석들과는 통화조차 되지 않았고, 설사 통화가 됐다고 해도 오는 길을 도저히 설명할 수 없었으리라.) 그런데 가만히 생각하니 아까 만났던 분들이 우리를 보고 '민간인'이라고 부르던 것이 자꾸 마음에 걸린다. 그럼 자신들은 민간인이 아니라는 얘긴데, 그럼 누구지? 그분들의 외모도 그저 평범한 캐주얼 복장의 주말 나들이 차림으로, 별로 특별하거나 이상할 것이 없었는데 말이다. 어쩌면 이곳이 휴전선과 가까워 이 지역 사람들이 외지사람을 그렇게 부르는 것일까?

둘만 남았다. 걱정하지 말라는 말을 남기고 세 녀석은 바람처럼 걸어가 버렸다. 멀리 보이던 뒷모습도 길을 돌아 사라진 지 오래다. 하늘이 조금씩 어두워진다. 평소 헤드램프를 배낭에 항상 넣어 가지고 다녔는데, 오늘은 가져 왔는지 어떤지 생각이 나질 않는다. 이런저런 걱정으로 다시 한참을 걸어 한 굽이를 돌자, 길가에 세워진 두 대의 차에 막 오르려는 사

금학산에서 내려온 능선안부 네거리. 좌측은 담터계곡, 정면은 고대산 가는 길, 우측은 산행의 알바길(통행이 금지된 곳이다), 하산은 다시 뒤돌아 내려온 길 옆의 고개를 넘어 임도를 따라 20분쯤 내려가다 우측으로 난 작은 길로 내려가야 한다.

람들을 만났다. 두 가족이 나들이를 나왔다가 막 돌아가려 하는 중이었
다. 다시 물었다. 큰 길까지 얼마나 걸리는지. 하지만, 돌아온 대답은 이
전에 만난 분들의 대답과 차이가 없다. '혹시나' 했던 기대가 '역시나'로
바뀌고, 한숨은 저절로 나온다. 이분들 역시 나와 후배를 바라보던 눈에
걱정의 빛을 한 가득 담았는데, 그 눈빛은 앞으로 가야 할 길이 쉽지 않음
을 말보다 더 강하게 얘기하는 듯했다. 그런데 고맙다고 인사하며 돌아
서는 내게 그중 한 분이 '민간인'들이 통제구역엔 어떻게 들어왔냐고 묻
는다. '민간인'이라는 얘기를 다시 듣는다. 우리가 '민간인?' 그리고 통
제구역이라니, 무슨 얘기지? 의아해하는 내게 자세한 설명을 한다. 이곳
은 군부대 통제구역으로, 군인이나 군인 가족들만 들어올 수 있는 곳이
란다. 더군다나 이 길로 계속 가더라도 훈련장과 부대가 있어 일반인은

통과할 수 없단다. 그랬다. 그래서 우릴 보고 '민간인'이라고 부르던 것이었다. 우리가 만난 분들은 모두 군인이거나 그 가족들이었다.

이번엔 정말 주저앉을 뻔했다. 하늘이 노랗고 눈물마저 찔끔거렸다. 이젠 걸을 힘도 없는데, 먼저 간 후배들은 어쩌지……. 아, 그냥 되돌아 올라갔어야 했다. 하지만, 누가 이럴 줄 알았겠는가. 이러지도 저러지도 못하고 망연자실 서 있는 내가 안됐는지 한참을 쳐다보던 이들도 모두 차로 돌아갔다. 주저앉고 싶다. 먼저 내려간 녀석들도 걱정이다. 한숨 쉬며 먼 산만 쳐다보는데 떠나려 하던 차에서 한 분이 내리더니 날 부른다. 맥없이 다가간 나의 정신이 번쩍 들게 하는 한마디. 타란다, 큰 길까지.

살았다! 하늘이 무너져도 솟아날 구멍이 있다는 옛말이 결코 틀린 말은 아니었다. 그렇지만 얼른 봐도 두 대 모두 좌석의 여유가 없어 보이는데, 후배와 나에게 선의를 베풀어 주시는 것이었다. 고맙다는 인사조차 목이 메어 잘 나오지 않았다. 하지만, 우리만 타고 갈 수는 없는 일이라 우리 앞에 지나간 젊은 사람들을 봤는지 물었다. 고개를 끄덕이신다. 그들도 우리 일행이라고, 모두 태워주실 수 있겠느냐 조심스레 다시 부탁하자 역시 웃으며 흔쾌히 허락하신다. 참으로 고마운 분들이다. 후배와 나는 코란도 밴에 올라탄다. 승차 정원이 이미 넘어 자리가 비좁은데도 고맙게도 밴 앞좌석을 양보해 주셨다. 하지만, 둘이 같이 앉을 수는 없어서 아픈 후배가 좌석에 앉고, 나는 화물칸에 앉았다. 비좁은 곳에 짐과 함께 실려가지만, 오늘은 화물칸도 감지덕지 고마울 뿐이다. 서둘러 다른 한 대를 앞세워 후배들을 쫓는다. 3분 정도 달렸을까? 갈림길에

금학산 헬기장에서 본 정상. 표지석과 최전방을 지키는 초소가 보인다.

서 쉬고 있는 후배들을 만났다.

　어떻게 탔는지 모르겠지만 셋이 다른 한 대에 모두 타고 나서야 마음이 놓였다. 천만다행이라는 말은 이럴 때 하는 것이리라. 한참을 비포장 길을 달려 훈련장과 부대를 무사히 통과한다. 긴장이 풀리는지 두 다리가 그제야 저려오는데 후배들이 기다리는 곳을 묻더니 그곳까지 데려다 주신다. 차로 채 10분도 소요되지 않을 거리를 하마터면 밤새 걸었을 뻔했다. 더구나 그렇게 걷고도 정작 부대에 막혀 오도 가도 못하지 않았을까 하고 생각을 하니, 친절한 군인들과 이들 가족의 도움이 다시 한 번 가슴을 울린다.

　거듭거듭 고맙다고 인사를 하며 베풀어주신 마음을 어떻게 갚아야 할지 모르겠다는 내게, 산행은 비록 힘들었어도 우리에게 철원이 좋은 기

지난 산행에서 알바했던 길.

억으로 남는다면 그것으로 족하다고 환한 웃음을 짓는 그분 앞에서 그 순간 나는 아무런 말도 할 수 없었다. 아, 배려란 바로 이런 것이구나 하는 생각에 다시 가슴이 먹먹해졌다. 그렇다. 이분들의 친절로 철원과 금학산은 언제까지고 따뜻함으로 기억될 것이다. 군인에 대해 갖고 있던 좋지 않은 기억들 대신, 나는 지금부터 이 친절과 배려만을 기억할 것이다. 정말, 이런 군인들이 있어서 너무도 든든하고 고맙기만 하다.

우리를 태워다 주신 분들이 떠나자 기다리던 후배들은 얼마나 기다렸는지 아느냐고 투덜거리며 왜 늦었는지 궁금해 한다. 하지만, 녀석들의 투덜거림을 무시한다. 이 정도 기다린 것이 다행인 것을 모르는 녀석들

166

고대산 가는 길.

한테 잘못했으면 밤새 기다렸을 수도 있었다고 속으로 말하는데 빙긋이 웃음이 나온다. 기분 좋은 웃음. 잃어버린 길 위에서 잊지 못할 사람들을 만난 오늘, 산이 준 따끔한 충고와 따뜻한 배려에 이래저래 사연 많았던, 그래서 더 행복했던 오늘이 내게 행복한 미소를 짓게 한다.

비록 그 길을 다 걷진 못 했 지 만

많은 비 때문에 쉰 7월.

계곡 트레킹으로 대신한 8월.

그래서일까? 이번 클럽의 정기산행은 아주 오랜만이라는 느낌이 들었다. 산행도, '산이 꾸는 꿈' 가족들도.

한여름이 아닐까 싶은 더위 속에서 올랐던 쪽두리봉과 비봉. 그 더위로 비 오듯 쏟아지는 땀에 젖어 모두가 힘겨워하자 온몸 가득 흘리는 땀조차 산행의 즐거움 중 하나라는 이명순 대장님의 말씀에 모두 웃으며 고개를 끄덕였고, 쪽두리봉과 비봉에서 바라다보이던 전경과 부드럽게 불던 바람은 그 더위 속의 우리를 달래주는 듯했다. 비봉에 섰다. 아직은 여름이 가득한 산. 하지만, 가을이 멀지 않았음을 말없이 얘기하던 어느새 높아진 하늘. 가을을 준비하는 하늘 아래 북한산 주능선과 문수봉, 그리고 문수봉에서 뻗어 내려간 의상능선에 머문 여름의 뒷모습이 아직은 푸르다.

사모바위.

한낮의 태양 아래서 그저 묵묵히 하늘을 이고 있던 사모바위. 낮에 만난 사모 바위는 예전 그 밤에 나의 온몸을 저릿하게 울렸던 그 위엄을 조용히 감추고 있었지만, 승가봉으로 향하는 내내 그 밤의 그 서늘함이 다시 떠올라 몇 번이고 뒤돌아볼 수밖에 없었다.

문수봉.

예전 그 밤에 그랬듯이 우회로를 버리고 택한 바위 길의 힘겨움은, 어

푸르다 하늘
높다 구름
흐른다 바람

마음은
깃발처럼 날려
자유로 향하고

나는
자유를 쫓아
산을 꿈꾼다.

칼바위 능선

둠 속에서 오를 때와는 많이 달랐다. 아무것도 볼 수 없는 어둠속에서는 그저 힘겹기만 했었는데, 낮에 오르는 바위 길의 그 아찔함은 힘겨움을 잊게 할 정도로, 쇠줄과 쇠막대에 의지해 바위에 매달려 하늘로 오르듯 그렇게 올라야 했다. 미끄러지거나 줄을 놓치면 큰일이라는 생각에 두 다리와 팔에는 스스로도 알 수 없는 힘이 솟았고, 가슴은 조금씩 두근거 렸다. 하지만, 오르며 돌아본 전경은 왜 그 길로 오르는지 이유를 알려 주는 듯했다.

비봉능선과 북한산성 매표소에서 올라오는 의상능선이 만나는 문수 봉은, 대남문에서 올라오는 사람들까지 합쳐져 항상 북적이는 곳이다. 그날, 그 소란함 속에서 예전 야간산행에서 만난 달빛만이 가득했던 문 수봉의 침묵이 그리워졌던 것은 어쩌면 당연했던 것이었겠지. 하지만, 푸른 하늘을 인 문수봉에서 내려다보는 비봉능선과 그 너머의 멋진 전 경은 한낮의 문수봉이 보여주는 또 다른 모습일 뿐, 사람들로 북적이든 달빛만이 고고하든 내가 올랐던 문수봉은 같은 산, 같은 봉우리이리라. 아무리 많은 시간이 지나도 내가 '나'이듯이.

중간 중간 먹은 간식도 배고픔을 덜어주진 못했는지, 대남문에 내려 서자 모두 배고프다고 이구동성. 하지만, 구천계곡으로 올라 대동문에 서 기다리고 있을 두 명의 일행을 두고 우리끼리 식사를 할 수 없었기 에, 능선에 가득한 뜨거운 한낮의 햇빛 속으로 흐르는 굵은 땀방울을 식 힐 겨를도 없이 서둘러 대동문으로 향했다.

대동문.

대동문 주변을 가득 메우고 식사를 하던 많은 사람들 사이에서 반갑게 손을 흔들던 후배 두 녀석. 모두가 환한 웃음으로 서로를 반기며 수고했다고 인사를 나눴지만, 배고픔은 인사보다도 도시락을 먼저 꺼내게 했다. 대동문은 아마도 북한산을 찾는 사람들이 가장 많이 식사를 하는 장소이리라. 산행 중 식사의 반찬은 배고픔 하나만으로도 충분하겠지만, 이날도 언제나처럼 맛깔나고 푸짐한 도시락들이 먹는 양을 줄이려고 먹을 것이라곤 몇 개의 초코바와 물 두 통만을 가지고 다니는 내 노력을 비웃으며 끝까지 젓가락을 놓질 못하게 했다. 도대체 이 식탐을 언제쯤 버릴 수 있을지 참으로 난감하다. 하지만, 그러면서도 이날 역시 내 배낭에는 언제나처럼 수저 한 벌이 들어 있었는데, 그 이유는 나도 뭐라고 말하지 못하겠다. 아무래도 다음부터는 이 수저 한 벌도 놓고 다녀야 하는 것은 아닐런지.

도시락을 비우고도 한참을 앉아서 이런저런 얘기에 시간가는 줄 모르다가, 늦잠 잔 덕분에 역시 대동문으로 올라오고 있을 후배 한 녀석이 궁금해 어디냐고 전화를 했다. 그런데 이 녀석, 아카데미 하우스에서 올라가야 하는데 깜빡하고 화계사에서 칼바위 능선으로 오르는 중이라며 최대한 빨리 쫓아갈 테니 먼저 가란다. 전화를 끊고 궁금해 하는 모두에게 이야기를 전하자, 다들 그럴 줄 알았다며 한바탕 웃는다. 하지만, 그래도 계속 기다릴까 했지만, 그러기에는 이미 시간이 너무 지체되어 있었다. 그래서 다시 전화해 조심히 쫓아오라고 당부하고 모두 동장대를 향해 대동문을 떠났다.

　자주 다니는 곳이라도 서두르다 보면, 자신도 모르게 엉뚱한 길을 헤맬 수가 있다. 산에서는 한시라도 자만하거나 방심해선 안 될 것이다. 늘 조심하며 겸손한 마음으로 산을 대해야 큰 사고건 작은 사고건 미리 방지할 수 있다. 내 몸과 마음의 건강을 위해 다니

음용불가, 믿었던 도끼에 발등 찍힌다.

는 산에서 도리어 위험을 만나서는 안 되지 않겠는가. 내 자신과 산과의 소통은 산을 경외하는 그런 마음에서 시작되는 것이리라. 산은 그저 가만히 있지만 언제나 내 자신을 돌아보게 만든다. 어설픈 개똥철학을 읊조리게 하는 것이 아니라, 자신이 누군지 깨닫게 되기까지 조용히 지켜볼 뿐이다. 산행을 통해 자신을 알아가는 것, 그것이 산과의 소통이고 또한 자신과의 소통일 것이다. 그렇게 자신을 알아가며, 스스로가 누군지 깨닫는다면, 진정으로 타인을 이해하고 배려하는, 그런 따뜻한 소통을 나누게 되리라. 그래서 이렇게 생각해 본다. 이 길 위에서, 그 많은 산의 품에서 내가 누군지 스스로에게 묻던 그 순간에, 이미 이 세상과의 소통은 시작된 것이라고.

　무척이나 더웠던 날씨 탓에 물이 부족해졌다. 하지만, 북한산 대피소 밑에 샘이 있어 별 걱정이 없었는데, 이럴 수가! 물을 뜨기 위해 찾은 샘의 안내판엔 커다랗게 빨간 글씨로 '음용불가'라고 쓰여진 수질 검사

북한산 용암문

표가 붙어 있었다. 믿었던 도끼에 발등 찍힌다고, 영락없이 그 꼴이었다. 날씨를 고려해 물은 좀 더 넉넉히 준비했어야 했다. 하지만, 후회해도 어쩔 수 없는 상황, 그렇지 않아도 많이 먹고 많이 쉰 탓인지 슬슬 꾀가 난 마음에 발걸음이 무거웠는데, 물까지 부족해지니 그보다 더 좋은 핑계가 있을 수 없었다.

처음 계획으로는 백운대를 다녀와 영봉까지 오르는, 북한산 종주를 목표로 했었다. 하지만, 어디 계획대로만 산행하란 법 있겠냐는 평소의 생각처럼, 이때 역시 발 닿는 대로, 마음 가는 대로 자유로이 걷는 것이 더 좋지 않겠냐며 모두가 쫓아오는 녀석을 기다린다는 핑계로 용암문에서 멈춰 더 이상 진행할 생각을 하지 않기에 그래서 내가, 물이 없으니 어찌 백운대를 오르고 영봉까지 가겠느냐며, 용암문에서 도선사로 내려가는 것이 어떻겠냐고 슬쩍 이야기를 꺼냈다. 아마도 우리 모두는 누군가 그 말을 먼저 꺼내길 기다렸으리라. 그렇지 않았다면 그 말이 떨어지기 무섭게 모두가 그렇게 빨리 좋다고 동의하진 못했을 테니까 말이다.

북한산 백운대 오르는 길

쫓아오던 녀석을 용암문에서 기다렸다. 그렇게 한참을 기다려서 만난 후배. 커다란 배낭을 메고 힘겨워하던 녀석에게, 수고했다는 말 대신 정신 좀 똑바로 챙기라고 구박하며, 녀석이 지니고 있던 물을 녀석보다 더 반겼으니, 지금도 조금은 미안해지는데, 그래도 여전히 그때처럼 웃음이 나온다. 후배에게 물었다. 어쩌다가 칼바위 능선으로 잘못 올랐는지. 하지만, 녀석은 그냥 어쩌다 보니 그렇게 됐다는 대답으로 넘어가려 했고, 그러자 누군가의 "답사를 하고도 알바했던 분이었는데 당연한 거 아니냐."는 농담 섞인 말에, 모두가 다시 한 번 웃고 말았다. 조금 까칠하긴 해도 착한 우리 클럽의 꽃미남 덕분에 마른 목을 시원하게 적시고 용암문을 나서서 도선사를 향해 발걸음을 돌렸다.

비록 처음의 계획대로 백운대까지는 오를 수 없었지만, 느긋하게 편한 마음으로 하는 산행에 이날도 행복했고, 언제나처럼 뒤에 남은 아쉬움은 늘 다음 산행을 기다리게 하며 가슴속에 남았다. 좋은 사람들과 함께한 행복한 산행, 언제까지고 모두에게 행복과 건강이 함께하길 소망해 본다.

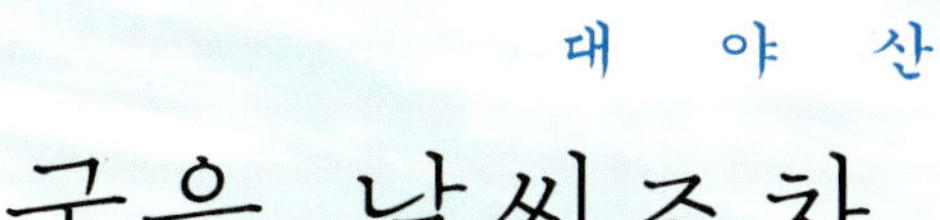

굳은 날씨조차

금요일. 이번에도 일기예보 때문이었다. 며칠 전부터 있었던, 주말에 비가 내린다는 예보에 이번에도 어김없이 산행이 취소되었다. 어느 정도 예상하긴 했어도 난감함은 잦아들 줄 모른다. 토요일엔 민주지산, 일요일엔 대야산으로의 산행을 일찌감치 정해놓고, 다른 계획은 생각하지도 않았는데, 주말과 휴일 산행이 모두 취소되었으니 그럴 수밖에. 요 며칠 제대로 잠 한숨 못 자서 주말 내내 누워 있을 수도 있겠지만, 그랬다가는 허리가 온전하지 못할 테고, 실내에서의 운동도 한계가 있지, 그 많은 시간들을 어떻게 주체해야 할지 머리마저 지끈거린다.

가까운 곳으로 갈까? 아니면 멀리 갈까! 멀리 가면 얼마나 멀리? 차는 가져가야 하나? 이 궁리 저 궁리 다해봤지만 이래저래 걸리는 것이 많아, 그저 만만한 북한산으로 마음이 기우는데, 하늘은 스스로 돕는 자를 돕는다 했던가. 고민을 거듭하던 내게 걸려온 한 통의 전화. 토요일 대야산에 갈 수 있겠냐는 김주연 대장님의 말씀에 고민은 씻은 듯 사라진다.

토요일.

눈 뜬 시간이 5시 20분. 씻는 둥 마는 둥, 갈아입을 옷만 대충 넣은 배낭을 메고 서둘러 지하철역으로 향했다. 비가 내린다고? 비는 코빼기도 보이지 않는다. 일기예보는 그만두고, 일기중계를 하는 것이 어떨까 싶다. 아침을 먹지 못한 배가 아우성이다. 지하철을 기다리며 집에서 들고 나온 옥수수 반 개를 깨끗이 먹어 치웠지만, 중간에 어디로 샜는지 위에는 아무런 소식도 없다. 아직 아침이라기에도 이른 시간인데, 지하철에는 빈자리가 하나도 없다. 앉거나 서서 졸음을 참고 있는 사람들의 얼굴엔 채 씻기지 않은 어제의 피곤함이 남아 있는 듯한데, 그래도 얼굴들

대야산 용추

모두에 따스한 희망이 묻어 있다. 고단함 속에서도 아침보다 먼저 깨어나는 사람들, 행복이 늘 그들과 함께하기를 바란다.

한남대교를 건너는 차창 밖의 세상이 잿빛으로 우울하게 가라앉았다. 정말 비가 오려나? 하지만, 아직 비는 내리지 않는다. 참고 있던 졸음이 쏟아진다. 대야산까지는 앞으로 3시간 넘게 달려야 도착할 것이다. 의자 깊숙이 몸을 눕히고, 산에서도 부디 비를 만나지 않기를 바라며 눈을 감는다.

용추계곡

대야산.

주차장에서 언덕을 하나 넘어 산행 들머리에 접어들었다. 비는 내리지 않지만 무척이나 후덥지근해, 아직 산행을 제대로 시작도 안 했는데 땀으로 벌써 옷이 축축해졌다. 아무래도 오늘 산행은 땀깨나 쏟을 것 같다. 차라리 비가 내리는 것이 나을 듯하다.

계곡을 거슬러 한참을 걸어 용추에 닿았다. 어제 내린 비로 용추를 맴도는 물살이 거셌지만 용추에 넘치는 에메랄드빛의 물을 보니 당장이라도 뛰어들어 땀에 젖은 끈끈함을 씻고 싶은 마음이 굴뚝같았다. 하지만, 입맛만 다시고 계곡을 오른 지 5분여. 길이 사람들로 막혀 나아가질 않는다. 사고라도 났나? 하지만, 다행히 사고는 아니었고 계곡의 물이 불어서 건너기가 여의치 않아 누군가 주변의 돌로 징검다리를 놓았는데, 돌의 크기나 간격이 너무 작거나 넓어서, 그 돌들을 밟고 건너기가 불안해 신발을 벗고 맨발로 건너려다 보니 정체가 된 것이었다.

2미터가 조금 넘으려나? 어쩌지? 한 번 뛰어봐? 신발을 벗는 것이 귀찮아 머뭇거리는 내 눈에, 엉성하게 놓인 징검다리 아래쪽으로, 양쪽에서 서로 마주보고 튀어 나와 있는 두 개의 바위가 보여 이편에서 저쪽으로 건너뛸 수 있을까 거리를 목측(目測)해보니, 건너뛰기엔 조금은 부담스러운 간격이라 고민 중이다. 뛰었다 빠지면 신발을 벗고 건너는 것만 못하겠지만, 빠질지 어떨지는 해보지 않고서는 모르지 않는가. 까짓 거, 빠진다면 귀찮아한 대가이니 감수하기로 하고 뛰어 건넌다. 젖 먹던 힘까지 내어 몸을 띄웠다. 이럴 때 한 번 빠져줘야 나중에 귀찮아하지 않을 텐데, 다행히 대가를 치르지 않고 무사히 건넌다. 그러자 나같이 신발 벗기가 귀찮은 사람 몇이 우르르 따라서 뛴다. 몇 명은 건넜지만, 빠진 사람도 그만큼이다.

계곡을 건너자 숲이 짙어진다. 등산로는 계곡을 좌우로 넘나들고, 무성한 수목과 바위가 어우러진 계곡에 흐르는 맑고 푸른 물은 어째서 이곳이 선유동(仙遊洞)이라 불리는지 깨닫게 한다.

월영대(迎月臺). 휘영청 밝은 달이 하늘 가운데에 높이 뜨는 밤이면, 희디흰 바위를 비추며 계곡을 흐르는 푸르디 맑은 물 위에 뜬 달그림자가 더할 나위 없이 아름다워 월영대라 했던가! 가슴속으로 달밤의 월영대를 그려보며 걸음을 옮긴다. 이내, 밀재와 피아골로 나뉘는 갈림길.

월영대

오늘 예정된 산행구간은 밀재를 거쳐 정상에 오른 후 피아골로 내려오기로 계획했었다. 하지만, 금방이라도 비를 뿌릴 것 같은 하늘이 산행코스를 거꾸로 바꾸게 한다. 피아골은 온통 바위로 된 경사 구간이라 비가 내린다면 비에 젖어 미끄러운 바위를 타고 피아골로 내려온다는 것은 매우 위험해, 피아골에서 정상에 올라 밀재를 거쳐 하산하기로 한다. 피아골에서 정상까지는 대부분 가파른 경사면이고 바위가 대부분이라 힘겹기는 해도 한 시간 반 정도면 올라설 수 있다. 금방이라도 비를 뿌릴 것 같은 잿빛 하늘을 이고 피아골을 오른다.

한참을 미끄러운 바위와 씨름하다 보니 어느덧 대야산 정상이다. 쉬지 않고 올라왔더니 입에서는 단내가 나고 옷은 땀으로 흠뻑 젖었다. 힘겹게 오른 산정. 아쉽게도 가득한 안개로 주위는 아무것도 보이지 않는데, 그래도 가슴은 날아갈 듯 가볍기만 하다. 안개비가 가볍게 흩뿌린다. 온몸을 휘감은 더위를 날려 버리려는 듯 바람이 분다. 바람을 타고 춤추듯 파도치는 안개. 아름답다. 바람 사이로 넘실대는 안개의 군무가 꿈을 꾸듯 환상적이다. 피아골에서 올라오면서 한동안 궂은 날씨를 원망했는데, 이 안개와 비, 그리고 후덥지근함조차 이 환상적인 군무를 위한 준비였으리라. 맑고 쾌청한 날씨엔 만날 수 없는 이런 몽환적인 아름다움은 궂은 날씨에 산행에 나선 이들을 위한 커다란 선물이 아닐까? 그렇다. 궂은 날씨조차 산행의 또 다른 행복함. 그러니 어찌 날씨에 따라 산행을 가릴 수가 있겠는가. 한동안 안개에 둘러싸여 비와 바람을 맞자니 몸이 조금은 으슬거렸지만, 도시에서 묻어 온 힘겨움을 옆에 내려놓고, 안개에 잠긴 바위에 앉아 사람구경, 하늘구경. 일상에 지친 나를 산은 언제나처럼 가만히 위로한다.

배고픔에 뱃속이 아우성이다. 한참을 기다렸지만 대장님의 모습이 보이지 않는다. 기다리다 못해 휴게소에서 사 온 김밥을 혼자 앉아 우적우적 씹는데, 대장님이 누구와 함께 올라오신다. 지난 주 일요일에 곰배령에서 뵈었던 아주머니다. 오늘도 쌈과 고추장, 참치 캔을 꺼내 놓으면서 많이 가져오지 못해 아쉽다 하신다. 하지만, 지난번과 다름없이 푸짐하기만 한데, 김밥 한 줄 다 먹은 나는 또 열심히 먹는다. 이것이 그렇게 땀을 빼고도 늘 같은 몸무게를 유지하는 비결 아닌 비결. 덕분에 오늘도 식사가 즐겁다.

밀재로 향하며 돌아본 대야산 정상

대야산 코끼리바위. 왼쪽 통로가 대문바위이다.

흩뿌리던 비는 멈췄고 더욱 짙어진 안개에 길은 사라져 버렸다. 다시 걷는다. 다른 세상을 향하듯 안개에 쌓인 능선을 꿈꾸며 걷는다.

밀재로 향하는 능선. 짙은 안개 속에서 밀재로 이어지는 길은 아름다웠다. 능선 곳곳 바위의 기묘한 모습들은 걷는 걸음을 힘든 줄 모르게 했고, 도중에 만나는 코끼리바위는 그 이름과 똑같은 모습으로 모두를 놀라게 했다. 조금씩 걷히는 안개. 코끼리바위를 지난 지 얼마 안 되어 길은 밀재에 닿으며 네 방향으로 나뉜다. 하산해야 할 지점. 대야산은 백두대간에 위치해 밀재에서 계속 능선을 타면 조항산을 거쳐 속리산으로 이어지니 능선을 걷던 걸음은 이제 멈춰야 한다.

길은 밀재에서 왼쪽으로 떨어지며 다시 월영대로 향한다. 산행이 끝나는 주차장까지는 이제 불과 1시간여. 서둘러 내려가야 할 이유가 없어 천천히 여유롭게 산길을 걷고, 아름다운 계곡 조용한 어느 곳에서 잠시나마 탁족(濯足)을 즐기기로 했다.

밀재에서 내려온 길은 다시 계곡에 닿아 갈림길과 월영대를 지났다. 하늘은 많이 맑아져 군데군데 엷어진 구름 사이로 햇볕까지 보인다. 어느새 오전에 물이 불어 뛰어 건넜던 곳이 저만치서 보이는데, 주위로는 많은 사람이 앉아 물속에 발을 담그고 있다. 아마 아래쪽으로는 더 많은 사람이 계곡에서 더위를 식히고 있으리라. 용추에는 사람들로 북적여 정신없을 것 같아서 뛰어 건넜던 곳 조금 못 미친 곳에서 배낭을 내려놓고 물가 바위에 앉아 차가운 물속에 뜨거운 발을 담근다. 온몸 전체에 전해오는 저릿한 차가움은 느껴보지 못한 사람은 알 수 없을 것이다. 산행에 지친 두 발의 피로가 차가운 물에 씻겨 사라지는 기분 좋은 느낌,

탁족이야말로 산행에서 빼놓을 수 없는 가장 큰 즐거움 중의 하나라고 해도 모자람이 없겠다. 그런데, 함께 내려온 아주머니가 세수하던 내 등에 물을 한 바가지나 끼얹어 물에 빠진 생쥐처럼 다 젖고 말았다. 하지만, 오히려 잘됐다 싶어, 누운 김에 자고 간다고 대장님에게 등에 물이나 좀 부어 달라고 웃옷을 벗었다. 한여름임에도 차가움에 온몸이 저릴 정도로, 과장을 조금 섞으면 온몸을 바늘로 한꺼번에 찌르는 것 같았다. 그렇게 온몸에 끈적이던 후덥지근함을 계곡물에 씻어 버리고, 바람 시원한 물가에 한참을 앉아 하늘을 본다. 어디로 가야 할까? 늘 길을 묻는 곳은 길 위에서였다. 하지만, 오늘도 역시 길을 묻는 내게, 정녕 대답을 들을 준비가 되었느냐고 가슴이 되묻는다.

대장님은 이미 내려간 지 오래, 어느덧 돌아갈 시간이 가깝다. 서둘러 등산화를 고쳐 신고 일어났다. 굵은 땀방울의 뜨거움과 계곡의 바늘 같은 차가움, 그리고 바람이 보여준 안개의 환상적인 군무(群舞)를 행복한 기억으로 안고, 여름이 가득한 계곡을 걷는다. 나뭇잎 사이, 바람을 타고 눈부신 햇빛이 길을 비춘다. 어깨에 닿은 바람이 언제나 마음을 따라가라고 조용히 속삭인다. 그래, 길은 늘 내 앞에 있을 것이다. 걷다 보면 언젠가는 내 가슴도 길을 찾으리라. 길 위에 선 내 걸음이 다시 힘차다.

생명으로 가득한 숲. 그 안에서 내 영혼은 정화된다.

3부

하늘만 이고 걷고 싶은 오늘

내 안의 그리움 사라지지 않고
하늘만 이고
또다시 걷는 걸음.

관 악 산

행복한 산행

가끔 질문을 받는다.

왜 산이 좋으냐고.

그럴 때마다 어리석은 대답 같지만 '그냥'이라고 말하곤 하는데, 질문을 한 상대방은 내 성의 없는 대답에 피식 헛웃음을 지을 때가 대부분이다. 하지만, 결코 성의 없이 하는 대답이 아니다. 물론, 내가 산을 좋아하는 데는 많은 이유가 있다. 그렇지만, 그 많은 이유가 전부 똑같이 중요해서 몇 가지로 대답할 수 없다. 그러니 그 많은 이유를 모두 묶어서 '그냥'이라고 대답할 수밖에.

일요일. 관악산.

좋은 산을 좋은 사람들과 함께 오른다. 오랜만에 본 얼굴들이 반가워 이런저런 얘기를 나누다 보니 어디서부터 잘못 들어섰는지 처음에 걷고자 했던 길이 아닌, 엉뚱한 길을 걷고 있었다. 하지만, 그걸 알았을 때는 이미 너무 많이 지나온 터라 돌아갈 수도 없었는데, 서로가 그럴 줄 알았다고 다같이 한 번 웃어 버리고 말았다. 마음이 통하는 사람들. 소통할 수 있는 이들과 함께한다는 것은 이렇듯 늘 유쾌하다. 그렇다. 산에서 길이 어디 하나뿐이랴. 계곡과 능선을 자유로이 넘나드는 바람처럼, 산이 열어준 길을 발길 닿는 대로 걸어도 좋은 것을. 어쩌면 그렇게 산을 만나는 것이 산과의 진정한 소통일지도 모르겠다.

아침 내내 잿빛 구름 가득했던 하늘이 드디어 옅은 비를 뿌린다. 오늘만큼은 비를 만나지 않았으면 했던 바람은 여지없이 깨졌지만, 산행의 더위를 식혀주는 비가 한편으로는 고맙기도 하다. 부드럽고 엷은 장막처럼 비는 온 산을 덮는다. 이 비가 지나고, 다시 몇 번의 비가 지나면 나

관악산 정상 밑, 연주대 오르는 길.

무들은 더욱 푸르러지리라. 조금은 빗줄기가 굵어지나 싶더니 이내 다시 옅은 가랑비를 뿌린다. 올려다본 하늘은 오래 비를 뿌릴 것 같지는 않았지만, 우리는 팔봉으로 향하던 발길을 돌려 연주대로 향했다. 비에 젖은 바위를 타는 위험은 피하기로 모두가 마음을 합친 것이다. 오늘은 산이 내어주는 길로 가자고 모두의 눈은 얘기한다. 더구나 우리 '산이 꾸는 꿈'의 목적은 항상 안전하고 행복한 산행이 아니었던가.

연주암에 내려서니 비가 멈추고, 옅어지는 구름 사이로 언뜻언뜻 파란 하늘이 비친다. 연주암과 연주대를 잇는 좁은 등산로는 오늘도 많은 사람으로 북적였는데, 누구 하나 불평하는 이 없이 서로 배려하고 양보

관악문

하는 모습이었다. 연주대로 오르는 내내 그 모습을 떠올리면서, 산을 오르는 사람은 모두 좋은 사람일 거라는 후배의 믿음이 어쩌면 맞을지도 모르겠다는 생각을 해본다.

연주대다. 관악산 연주대는 북한산의 백운대 못지않게 붐비는 곳이지만, 아무래도 오늘은 비 때문에 그런지 평소보다는 사람이 많지가 않다. 그렇다고 한적한 것은 아니고 그저, 평소보다 조금 적을 뿐이다. 그런데 갑자기 이 많은 사람들이 이런 빗속에서도 산을 찾는 이유가 무엇인지 궁금해졌다. 다른 이들은 어떤 마음으로 산을 오르는 것일까? 일일이 붙잡고 물어도 완벽히 알 수는 없으리라. 하지만, 지금 여기 연주대에 선 사람들 모두의 가슴엔 한 발 한 발 힘겨움을 이겨낸 스스로에 대한 자부심으로 가득하지 않을까. 그러니 마주치는 모두가 따뜻한 눈빛으로 서로 수고한다는 인사를 나누는 것이겠지.

일행이 모두 모여 언제나처럼 정상의 표지석 앞에서 사진을 찍었다. 어느 순간부터 정상 표지석을 배경으로 찍는 사진을 누군가 '인증샷'이라고 부르기 시작했는데 참 절묘한 표현이란 생각이 든다. 한강과 사당, 과천 방향으로는 운무가 가득해 전망이 별로 좋지 않다. 조금 전까지 '고맙다 비야' 하던 내가 전망이 좋지 않다는 이유로 '이놈의 비 때문에' 이러고 있으니 사람 마음이 어찌 이리 가벼운지 모르겠다.

연주대를 뒤로하고 사당으로 향한다. 그 길의 절반을 조금 못 가서 만난 마당바위. 바위 주위에서 도시락을 준비해 식사를 하는 사람들이 적잖이 보이는데, 그 모습들을 보니 어찌나 배가 고파지는지 하산 후에 식사할 요량으로 도시락은 준비하지 말라고 한 것이 후회막심이다. 그런데 이럴 줄 알았는지, 선견지명의 후배들은 역시 빈손으로 오지 않은 것

관악산 정상의 표지석

이다. 배고프니 얼른 내려가차는 내 말에 다들 준비한 도시락을 꺼내놓는다. 이런, 분명 도시락은 준비하지 말라고 한 내 말을 아무도 듣지 않았다. 하지만, 말을 듣지 않은 것이 도리어 반가우니 어찌된 노릇인지. 더구나 약속을 지켜 빈손인 내가 도리어 미안해진다. 물만 먹고 사는 것도 아닌데, 언제나처럼 내 배낭엔 오늘도 달랑 물만 두 병이다.

비가 그치고 맑아진 하늘. 따뜻한 햇살을 타고 바람에 묻어온 산 내음이 향기롭다. 마당바위엔 연주대에서 내려오거나 연주대로 오르는 사람들로 북적인다. 나를 지나쳐 가는 사람들. 굵은 땀에 젖은 얼굴들이 햇볕에 반짝이는데, 그 반짝임은 비단 땀 때문만은 아닐 것이다. 산행이 주는 기쁨이 사람들의 얼굴에서 미소로 빛나기 때문이리라.

식사를 마치고 마당바위를 떠나 사당을 향해 걷는 내내 마주친 사람들의 얼굴에 맴도는 행복한 미소에 나 또한 행복해졌고, 맑게 개어 눈부신 하늘은 다음 산행을 그리게 한다. 짧은 시간이었지만, 부드럽게 내리던 비와 향긋한 바람, 푸른 하늘과 따뜻한 햇살을 가슴 가득 담으며 오늘도 행복하게 산행을 마친다. 가을은 멀지 않았다. 이제 곧 짙은 녹음 뒤로 온산 가득 눈부신 가을이 가득해지면 멈추지 않는 길처럼 나를 찾는 산행은 계속되리라.

비 슬 산
안개에 갇힌 대견봉엔
바람이 산다

이젠 컴퓨터 화면도 눈에 들어오지 않는데 나는 여전히 일어날 줄을 모른다. 마음은 아직도 대견봉에 갇혀 있나 보다.

여주를 지날 때쯤 시작된 비가 동대문에 도착할 즈음에 조금씩 잦아들었다. 그러다가 늦은 저녁을 먹는 사이에 제법 굵어지는 듯했는데, 그래도 다행히 식사를 마치고 식당을 나설 때에는 다시 멈춰 있었다. 예정대로라면 식사 후 바로 버스를 바꿔 타고 지리산 무박산행을 나서야 했다. 하지만, 비가 온다는 예보에 산행을 포기한 사람이 많아 이번에도 산행은 어김없이 취소되고 말았다.

시간은 12시를 넘은지 오래, 어느새 일요일이다. 집에 가려고 차를 가지러 스튜디오에 온 것이 조금 전 같은데 벌써 한참이 지났다. 그런데도 취소된 산행이 아쉬워서인지, 아니면 귀찮아서인지 집에도 가지 않고 이렇게 책상에 멍하니 앉아만 있다. 주초부터 토요일 산행지로 월출산과 비슬산을 놓고 마음속으로 고민을 거듭하다, 토요일 밤에 출발하는 지리산 무박산행 버스를 타고자 그래도 머리를 쓴다고 비슬산을 다녀온 것이었는데, 어찌 이럴 수가! 이럴 줄 알았으면 아까 저녁 먹으며 소주라도 한잔 할 걸 그랬다. 이래저래 아쉽기만 한 어제저녁이다.

어제, 토요일. 양재에서 버스가 출발했다. 오후부터 비가 온다는 예보 때문인지, 산행에 나서는 사람은 나를 포함해 35명을 넘지 않았다. 좌석의 여유가 많아 편하게(?) 갔다올 수 있을 테니, 마음 한편에서는 다행이다 싶기도 했다. 이번에도 예보가 빗나가 부디 산행 중에는 비를 만나지 않길 바라며 여느 때와 다름없이 좌석에 파묻혀 눈을 붙였다.

비슬산 암괴 지대. 세계에서 유래를 찾아보기 힘든 지형이다.

중부내륙고속도로를 달려 문경에서 늦은 아침을 먹고 비슬산 아래에 도착한 시간이 12시. 그렇게 4시간 가까이 앉아 비몽사몽 꿈속을 헤매던 몸은, 목적지에 도착해서도 금방 깨어날 줄을 몰랐다. 내게 있어 산행보다 더 힘든 것은 버스를 타고 이동하는 그 시간들이다. 특히, 목적지에 도착해 잠에서 깨자마자 버스에서 내려야 할 때면, 그 힘겨움은 말로 다 하지 못할 정도다. 그것은 당일산행이건, 무박산행이건 가리지 않는다. 하지만, 직접 차를 가지고 다닐 때의 비용이나 수고에 비하면 당연히 전

자를 택할 텐데, 그래도 비좁은 버스 좌석은 언제까지고 적응이 되지 않을 것 같다.

어제도 여느 때처럼 그렇게 굳어 있던 몸을 일으켜 버스에서 내리는데, 주차장 가득 차는 물론, 사람들은 어찌 그리 많던지. 이유인 즉, 비슬산 참꽃제 첫날이란다. 주차장 근처는 말할 것도 없고, 임도를 따라 소재사 초입부터 임도가 거의 끝나는 곳까지, 도심의 뒷골목 먹자거리마냥 양옆으로 크고 작은 차양을 치고 온갖 먹을거리와 볼거리가 펼쳐져 산행하는 사람보다 먹고 마시는 사람이 더 많았다. 나 역시 어디 시원한 그늘에서 차가운 맥주나 마시고 놀까 살짝 부러웠지만, 그저 입맛 한 번 다시고 한 걸음 한 걸음 다시 산으로 향하는데, 날씨가 어찌나 습하던 지, 그때부터 한 걸음에 땀이 한 움큼씩 시작부터 온몸엔 벌써 땀이 줄줄 흘렀다. 정말 비가 내리려는 듯 하늘은 잔뜩 가라앉았고 바람도 한 점 불지 않았다.

왜 이렇게 덥냐고 혼자 투덜거리며 40여 분을 오르자, 커다란 암석들이 흐르다 멈춘 듯이 포개어 비탈져 있는데 그 모습이 정말 장관이었다. 안내판의 설명으로는 마지막 빙하기 때 만들어진 것으로 세계에서 가장 규모가 크단다. 암석들을 뒤로 하고 오르기를 다시 10분여, 임도에 올라선다.

대견사터 초입. 소재사에서 올라오는 임도가 산을 돌아 그곳까지 이어져 있었다. 올라선 그 자리에서 위를 향해 계속 오르면 능선에 올라서고, 임도와 이어지는 길을 따라 좌측으로 3분쯤 들어가면 대견사가 자리했던 절터가 나온다. 절터엔 지금은 아무것도 남아 있지 않고, 그저 삼층석탑 하나가 남아 있을 뿐인데, 그나마도 무너져 있던 것을 1986년에 달성군에서 수습하여 세운 것이라고 한다.

둘러보니 대견사가 자리했던 곳이 어찌나 절묘한지, 겨우 흔적만 남아 있는 지금이 너무도 안타까웠다. 바람에 실린 안개가 조용히 흐르는 절벽 끝, 말 없이 홀로 선 석탑이 한없이 외롭더라.

외로움. '외로움'이라고 조용히 혼자 뇌어 보면 입에서 눈물 맛이 난다. 그렇다고 슬프거나 그렇지는 않다. 그저, 가슴 한쪽이 조금 허전할 뿐이다. 사람은 누구나 외롭다. 세상에서 외롭지 않은 것이 있을까? 세상에서 혼자이지 않은 것이 있을까? 만약 혼자라서 외로운 것이라면 산에서는 언제나 외로우면서도, 또 외롭지 않아야 한다. 산은 아무리 일행이 많더라도 결국엔 혼자만의 힘으로 오르는 것이다. 그 과정에서 포기하고 싶은 마음과 싸우는 것도 자신이요, 한 발 한 발 힘겹게 발을 옮기는 것도 자신의 의지다. 누구도 대신할 수 없다. 그러니 혼자일 수밖에 없고, 혼자일 수밖에 없으니 외로운 것이다. 그렇다면, 한 명의 일행도 없이 산행을 한다면 그 만큼 더 외로울까? 아니다. 그렇더라도 전혀 외롭지 않다. 아무리 혼자 산행을 하더라도, 오가는 산객들과 서로 수고하고 조심하라며 마음을 나누고, 잠시 쉬거나 식사를 하면서는 처음 보는 사람이라도 주위의 사람들과 작은 사탕 하나부터 도시락까지 정을 나누니, 어찌 혼자라고 할 수 있으며, 어찌 외롭다고 할 수 있겠는가! 그래서 산에서는 누구나 외로우면서 외롭지 않은 것이다.

나는 늘 외로웠다. 누군가 옆에 있을 때나 없을 때나 항상 외로웠다. 외로움은 내겐 항상 벗어나고 싶은 그런 아픔이었다. 하지만, 외로움은 소통의 또 다른 이름, 소통을 향한 출발점임을 산은 알게 했다. 외롭기에 함께 나누고, 나누기 위해선 배려해야 하고, 배려하기 위해서는 이해할 수 있어야 함을 알게 했다. 나는 지금도 여전히 외롭다. 그래서 열심히 지금 나는 사랑을 한다. 앞으로도 늘 적당히 외로웠으면 좋겠다. 그래야 항상 열심히 사랑할 테니까 말이다.

절터를 한 바퀴 돌아보고, 잠시 멈췄던 발길을 돌려 석탑 맞은편, 절터

햇볕에 흩어진 바람
그 뒤편
어느새 멀어진 가을

내 안의 그리움 사라지지 않고
하늘만 이고
또다시 걷는 걸음
그리고
지친 어깨

온밤 내내
아픈 가슴으로
여위어 가던 그 밤처럼
조금씩 몸무게가 줄듯
내 그리움도
조금씩 줄어들었으면 좋으련만.

비슬산 대견사 터. 말 없이 홀로 선 석탑이 한없이 외롭더라.

뒤로 이어지는 계단을 타고 능선에 올랐다. 좌측으로는 무명봉이, 정면으로는 멀리 대견봉이 보인다. 대견봉까지 이어진 능선은 참꽃(진달래꽃)군락지로 우리나라 최고를 자랑한다지만, 피어 있는 꽃들이 채 3분의 1도 되지 않아 최고라는 것이 실감이 나질 않았다. 아마 다음 주말쯤이면 꽃들이 만개해 제 모습을 보이지 않을까 싶다. 그렇다고는 해도 능선 곳곳에 피어 있는 꽃들은 화사하게 예뻤고, 그 꽃들 사이에서 사진을 찍는 사람들로 대견봉으로 향하는 좁은 능선길은 더욱 붐비기만 했다. 그렇게 꽃과 꽃 사이를 돌고 돌아, 진달래 점점이 수놓인 능선은 부드럽게 오르내리며 대견봉으로 이어진다.

비슬산 진달래 평원과 대견봉(왼쪽)

얼마나 걸었을까. 화사한 꽃길에 취했어도 여지없이 시간이 되면 찾아오는 배고픔에 능선 중간 어디쯤에서 바람을 피해 도시락을 펼쳤다. 밥을 먹는 그사이에도 하늘은 더욱 변화무쌍, 금방이라도 비를 뿌릴 것만 같았고, 능선을 달리던 바람은 또 어찌나 매섭던지, 겨울바람도 울고 갈 정도였다. 안 되겠다 싶어 겉옷을 꺼내 입었지만, 추위는 점차 심해져 서둘러 식사를 마치고 일어섰다.

대견봉을 향해 부드럽게 고도를 높이는 능선 주위는 온통 억새밭이다. 봄의 참꽃만큼 비슬산의 가을엔 억새가 장관이라는 말이 떠올랐다. 가을의 비슬산은 어떤 모습일까? 억새가 능선 가득 춤추는 모습을 그려보며 몇 번을 돌아보는 사이, 어느새 걸음은 대견봉에 닿았다.

대견봉의 바람은 설악산 대청봉만큼 거셌다. 유가사 쪽 계곡에서 불어오는 바람이, 절벽 가장자리에 선 나를 하늘로 날리려는 듯 거칠게 떠밀었고, 그 바람에 대견봉을 둘러싸고 있던 안개 또한 산산이 흩어졌다. 그 순간 드러나는 산정 주위의 모습. 하지만, 이내 바람은 다시 안개를 뿌려 산정에 나를 가둔다.

안개에 갇힌 삶. 한치 앞도 볼 수 없는 내 삶이 거기에 있었다. 아무리 벗어나려 해도 미로처럼 나를 가두고 있는 상념 속에 놓인 내 삶이, 거기 그렇게 한 줌 먼지처럼 바람에 맴돌고 있었다. 바람이 나를 깨운다. 산은 내게 말한다. 가려진 안개는 언젠가 흩어져 사라지고, 한 줌 먼지처럼 가벼운 삶이라도 의미 없는 삶은 없으니, 저 능선 너머, 저 길 굽이 돌아 그곳에 놓인 것이 슬픔과 고통뿐이더라도, 내가 가야 할 길은 가야

비슬산 유가사

만 한다고 얘기한다. 산정을 향한 땀방울 하나하나와 그 힘겨웠던 걸음들은, 내가 나를 여는 작은 열쇠이자, 길 위에서 만나는 작은 선물이라고 이야기한다. 바늘 같은 대견봉의 바람 속에서 내 가슴은 터질 듯 부풀어올랐다.

하늘은 금방이라도 비를 퍼부을 듯 더욱 어두워졌다. 산을 내려가야

한다는 것은 언제나처럼 아쉬웠지만, 한동안 가파른 경사면을 내려가야 했기에 하산을 서둘렀다. 다행히도 비는 내리지 않았고, 경사가 낮아지며 길은 소나무 숲으로 이어졌다. 숲에 가득했던 향기로운 솔내음. 촉촉이 젖은 길은 쌓인 솔잎으로 더욱 부드러웠고, 그 길 위에서 은은하게 나를 감싸던 솔내음의 황홀함에 걸음은 가볍기만 했다. 그렇게 황홀한 숲을 지난 발길은 어느새 유가사에 닿았고, 유가사 부처님께 인사 올리고 물 한 모금 얻어 마신 나는, 다시 짧은 길을 걸어 버스에 올랐다.

운이 좋았던 것일까? 아침의 바람대로 그때서야 빗방울이 떨어지기 시작했는데, 어쩌면 비슬산의 신령께서 내가 비를 맞지 않게 배려해 주신 것인지도 모르겠다. 비록, 만개한 참꽃을 만나지 못한 것은 조금 아쉬웠지만, 그것은 인력으론 어찌할 수 없는 일. 바람과 하늘과 풀꽃들, 나무들, 그리고 그 향기까지. 비슬산은 그 모든 것들을 베풀어 나를 행복하게 했다.

밤이 깊다 못해 이젠 새벽을 지나는데, 가슴속에는 여전히 대견봉의 바람이 분다.

야 생 화 에   취 해
길 을   잃 다

각시취

비 온다는 예보는 없었다. 그런데 비가 온다. 뭐, 그러려니 한다. 약속 장소에 도착하니 7시가 조금 넘었다. 비가 와서일까? 토요일인데도 오늘은 평소와 달리 사람이 적다. 한참을 기다려 오른 버스엔 반가운 얼굴이 몇몇 보이고, 그중 동대문에서 타고 온 후배는 벌써 자는지 눈을 감고 좌석에 파묻혀 있다. 진짜 자는 것 같아 놀래 주려고 살짝 다가가는데 눈치 빠르게 눈을 뜬다. 반갑고 아쉬운 마음에 자리에 앉으며 한마디 던진다.

"오늘도 비를 데려왔냐?"

오늘 산행의 들머리이면서 날머리인 대암산 생태식물원에 도착했다. 다행히 비는 멈췄지만 여전히 하늘은 잿빛으로 가득하다. 오늘은 더 이상 비가 내리지 않기를 빌며 오늘도 맨 뒤에서 마지막 일행의 뒤를 따라 산으로 든다.

생태식물원을 지난 지 얼마 되지 않은 곳부터 몇몇 분의 걸음이 눈에 띄게 힘겨워 보여 한동안 걸음을 맞춰 걸었는데, 아무래도 이대로는 시간 안에 대암산까지 갈 수 없을 듯해서 어찌할까 잠시 고민하다가 오늘 산행은 원점회기 산행이고, 산행 코스도 작은 대암산까지는 외길이라 길을 잃을 염려는 없으니, 힘겨워하는 분들한테 천천히 운행하다 적당한 곳에서 다시 되돌아 내려가시라 당부하고, 먼저 앞서간 다른 일행의 뒤를 쫓았다. 얼마를 올랐을까. 앞서 갔던 후배와의 거리가 제법 가까워졌다. 작은 대암산까지는 쉼 없는 오르막이라 녀석의 뒤를 천천히 따라 오르는데, 얼마 안 지나 녀석이 갑자기 멈춰 서더니 내게 말한다.

"먼저 가세요."

뒤에서 따라가는 내가 부담스러운 모양이다. 한쪽으로 비켜선 녀석을 지나 앞서서 걷는다.

대암산은 군사작전지역이라 정상에 오르려면 주둔하고 있는 군부대에서 '산행 허가'를 받아야만 한다. 그런데, 이 '산행 허가'를 받기 위해서는 먼저 '산행 신청'을 해야 하는데, 이 '산행 신청'을 하기 위해서도 두 곳의 행정기관에서 '산행 신청 허가'를 미리 받아야만 한다. 다시 말하면, 두 곳의 행정기관에서 먼저 '산행 신청 허가'를 받아야만 군부대에 '산행 신청'을 할 수 있고, '산행 신청'을 한 사람들도 적법한 사유가 있어야만 '산행 허가'를 받을 수 있는 그런 지역이다. 천연보호구역으로 지정되어 있는 대암산과 주변의 대우산 일대는 분지 · 습원 등 지형적으로 다양한 특징을 지니고 있고, 기후조건이 특이하여 희귀동식물이 자라고 있으며, 또한 동식물의 남북 한계와 동서 구분의 현상이 나타나는 등, 식물 생태학 · 식물 지리학 · 식물 분류학적 연구가치가 매우 큰 지역일 뿐만 아니라, 다양한 동물상, 특이한 지형 · 지세 및 기후적 특성 등 다양한 자연 환경을 가지고 있어 학술적 가치가 매우 커 천연기념물로 지정 · 보호하고 있는 것이다. 물론, 대암산 정상 아래에 있는 우리나라 유일의 고원습지인 '용늪'을 포함해서 말이다. 때문에, 대암산은 멀기도 하지만, 이런 이유로 더욱 찾기가 쉽지 않은 산이다.

오늘 산행하는 사람들은 다른 때, 다른 사람들과 달리 달리듯 내빼지 않는다. 그것은 대암산 용늪과 정상으로 갈리는 갈림길에 위치한 군 초소에서 산행 허가증이 없으면 그 누구도, 또 어느 쪽으로도 통과시키지 않기 때문이다. 그러니 아무리 빨리 가봤자 허가증을 소지한 대장님이 안 계시면 꼼짝없이 기다려야 하기에 모두들 대장님의 뒤만 따라갈 수밖에 없다.

작은 대암산에 올라섰다. 옅은 빗방울들이 바람을 타고 안개와 함께 휘돈다. 그렇지 않아도 습한 날씨와 한참 동안 계속된 오르막으로 흘린 땀에 위아래 옷이 모두 흠뻑 젖었는데, 작은 대암산 위에서 안개에 젖은 바람 속에 있자니, 젖은 옷과 젖은 바람에 체온을 빼앗겨 으슬으슬 한기가 든다. 이렇게 한참을 있으면 저체온증에 걸리기라도 할 것만 같다. 한여름에 저체온증이라니, 누가 걱정이나 하겠는가. 하지만, 그런 방심이 오늘 같은 이런 날씨엔 여름 산에서도 저체온증에 걸릴 수 있는 빌미를 주는 것이다.

후미를 기다린 지 한참, 모두 모여 함께 출발하고자 했지만, 이미 추위는 견딜 수 없을 만큼 심해졌다. 이러다가는 저체온증이 남의 이야기가 아닐 듯하다. 아무래도 안 되겠다 싶어서 모두 출발하고 내가 뒤에 남아 올라오는 분들을 인솔하기로 했다. 춥다. 한참을 기다려도 아무도 보이지 않고, 시간이 지날수록 안개가 짙어지더니 이젠, 비까지 제법 내리기 시작한다. 더 추워진다. 겉옷을 꺼내 입는다. 그런데 바람이 강하게 불면서 갑자기 비가 폭우로 바뀐다. 서둘러 우비로 바꿔 입었지만, 그사이 비에 젖은 몸은 한동안 떨림을 멈추지 못한다. 정말 춥다. 제자리에서

곰취

발을 구르고 왔다갔다 계속해서 몸을 움직이며 한참을 기다렸지만 여전히 아무도 보이지 않는다. 왜 이렇게 늦어질까? 혹시 사고라도? 걱정이 들어 되짚어 내려가려는데 드디어 한 명이 올라온다. 마지막이냐고 묻는 내게 자신의 뒤에도 몇 명 더 있단다. 잠시 후, 세 명이 더 올라오기에 뒤에 일행은 더 없는지 묻자, 뒤에 아주머니 두 분이 계셨는데, '한 분은 포기하고 내려가신 듯하고, 한 분은 10여 분쯤 후면 올라오실 것 같다.'고 한다. 늦어지긴 했어도 아무 사고도 없으니 정말 다행이다. 먼저 올

둥근이질풀

라온 네 분을 보내고 다시 10여 분. 비는 더욱 거세져 이젠 앞이 보이지 않을 정도로 심해졌는데 감감무소식이다. 시계를 보니 선두와는 40분 이상의 차이. 그러나 앞의 봉우리만 넘으면 계속 임도로 진행하기에 열심히 뛰어가면 곧 합류할 수 있겠다 싶어 조금만 더 기다리기로 하고 다시 또 10분을 보냈지만, 여전히 그 누구의 기척도 없다. 아마 이 비 때문에 포기하고 내려가지 않았을까? 더 이상은 기다릴 수 없어서 대암산을 향해 자리를 뜬다.

뛴다. 쏟아지는 비로 길은 매우 미끄럽고 질퍽이지만 시간을 벌려면 할 수 없다. 작은 대암산에서 살짝 솟은 봉우리에 오르자 사방은 안개로 자욱해 가시거리는 겨우 몇 미터를 벗어나지 않는데, 우거진 수풀로 길조차 희미하다. 덜컥 겁이 난다. 아무리 외길이라지만, 그것은 작은 대암산까지였다. 이렇게 심한 폭우 속에서는 길을 잃기도 쉬울 텐데, 어떻해야 하나. 이렇게 계속 비가 내린다면 헤매다 길을 잃는 것보다 그냥 내려가는 것이 현명하겠다는 생각이 들지만, 그냥 쉽게 포기하기엔 기다린 시간이 너무 아까워 우선 내려갈 방향을 표시해 놓고 길을 찾는다.

5분쯤 이곳저곳 수풀을 뒤져 몇 개의 발자국을 찾았다. 하지만, 방향도 제멋대로이고 그나마 그 자국도 이어지지 않고 금방 끊기고 말아 길 찾기를 포기하고 돌아섰는데, 작은 대암산에서 올라와 오른쪽으로 향한 부분의 허리만큼 자란 수풀 한쪽이 작은 대암산 방향으로 비스듬히 서 있는 것이 어색해, 혹시나 하고 수풀을 헤치고 10여 미터를 들어가자 잡목이 우거진 급한 경사면이 아래로 이어진다. 바닥을 살펴본다. 발자국이다. 미끄러져 쭉 이어진 자국들과, 조심스레 디딘 것이 분명한 많은 발자국들이 아래로 향한다. 언뜻 봐도 생긴 지 얼마 되지 않은 흔적이다. 그래도 혹시 몰라 자세히 살피는데, 갑자기 나타난 것인 양 좀 전까지는 보이지 않던 전선이 발자국을 따라 군데군데 나무를 한 바퀴씩 휘감으며 밑으로 이어진다. 누가 봐도 일부러 설치한 것이 분명한 전선이다.

드디어 길을 찾은 것이다. 경사가 심했지만 역시 뛰어 내려가는데, 경사면의 중간쯤 흩어진 안개 사이로 앞으로 쭉 뻗은 넓은 임도가 또렷이 보이고, 임도 멀리로는 아까 내려간 몇 분의 모습도 보인다. 길을 잃으

면 어쩌나 했던 걱정이 이젠 선두를 언제 따라가나 하는 걱정으로 바뀐
다. 서둘러 경사면을 내려와 임도에 내려섰다. 길은 왼쪽에서 올라와 앞
으로 곧게 뻗어 있다. 심호흡 한 번 하고, 배낭의 끈을 다시 조이고, 멀리
가고 있는 사람들을 뒤쫓아 힘차게 달린다.

　정말 열심히 달렸다. 한 명, 두 명, 세 명, 네 명. 앞서 갔던 사람들을 앞
지르며 한참을 달렸는데도 네 명 외에는 더 이상 아무도 만나지 못했다.
이상하다. 이렇게나 많이 차이가 벌어졌나? 느낌이 좋지 않다. 길을 잘
못 든 것일까? 하지만, 지나온 길엔 중간에 갈림길은커녕, 샛길 비슷한
것도 없었다. 더군다나 앞에 가고 있던 사람들을 쫓아온 것이니, 길을
잘못 들지 않은 것은 분명한데, 그래도 왠지 찜찜함이 가시지 않는다.
그래서 애써 선두와의 차이가 생각보다 많이 벌어진 것이겠거니 생각하
고 더욱 속도를 내어 다시 한참을 달린다. 그렇지만, 역시 아무도 보이
질 않는다.
　뭔가 잘못된 것이 분명하다. 더구나 이상하다고 느꼈을 때부터 길을
살펴봤지만, 오래된 몇 개의 발자국만을 보았을 뿐, 금방 지나간 자국들
은 보질 못했다. 혹시나 하면서도 발자국들이 거센 비 때문에 지워졌을
거라고 애써 위로했는데, 계속 평탄하게 이어지던 길조차 이젠 완연한
내리막으로 바뀐다. 아, 이럴 수가. 괜히 찜찜한 것이 아니었다. 길을 잘
못 든 것이다. 그렇다면 언제 어디서부터 길을 놓친 것일까? 분명 여기
까지는 갈림길이나 조그마한 샛길도 없었는데? 할 수 없이 대장님께 전
화를 한다. 하지만, 전화기는 대답을 하지 않는다. 도대체 어디서부터
잘못된 것일까? 다시 한 번 산행 전의 대장님 얘기를 떠올려 본다.

애기앉은부채

흰송이풀

　"계속 임도를 따라가면 통문(철조망 문)으로 임도를 막아 놓았는데, 문 사이로 그냥 비집고 통과하면 됩니다. 그렇게 통문을 통과해서 조금 더 진행하면 군 초소가 있는 삼거립니다. 왼쪽으로 가면 용늪이고, 오른쪽으로 가면 정상인데, 허가증이 없으면 군인들이 어느 쪽이건 통과를 시키지 않습니다. 먼저 가시는 분들은 모두 거기에서 기다리시기 바랍니다. 작은 대암산부터 초소까지는 약 1시간 30분이 소요됩니다."

　분명, 임도에서 다른 길로 빠진다는 얘기는 없었다. 길도 통문(철조망 문)이 가로막고 있고, 작은 대암산부터 통문까지는 약 1시간 30분이 걸릴 거라고 했다. 둘러봐도 지금 서 있는 이곳은 임도가 확실하다. 여기

동자꽃

까지 오면서 다른 길로 빠지지도 않았고, 통문도 만나지 못했다. 그렇다면 남은 것은 하나, 시간 착오가 있는 것뿐인데, 과연 그럴까? 아무래도 자신이 없다. 혹시 앞에 가고 있을 누군가를 봤을지 모를, 뒤에 오는 일행을 기다리기로 한다.

"아무래도 길을 잘못 든 것 같습니다." 한참을 기다려 도착한 분들께 내가 말한다.

"그래요. 우리도 이상하다고 생각했어요." 한 분의 대답.

"뭐 어때요. 잘못 왔으면 그냥 마을로 내려가 밥 먹고 갑시다." 다른 한 분이 말씀하신다.

"……."

시계를 보니, 벌써 2시가 넘었다. 긴장이 풀리자 배고픔이 몰려온다. 비도 그친다. 우선은 점심을 먹기로 하고 적당한 장소를 찾는데 저만치 앞쪽에 커다란 이정표가 서 있는 것이 보인다. 하지만, 우리에게 보이는 것은 뒷면. 앞에 무엇이 쓰여 있을까? 괜히 두근거리는 가슴으로 이정표 앞에 선다. 장소에 어울리지 않게 커다랗게 서 있는 이정표에는 역시 아주 커다란 글씨로 딱 두 단어만 쓰여 있다.

'용늪 9km'

아, 작은 대암산에서 내려와 왼쪽 임도로 진행했어야 했다. 조금만 생각했으면 대암산 정상이 왼편에 있다는 걸 떠올릴 수 있었을 텐데, 뭐가 그리 급하다고 뛰었던 걸까. 갑자기 금학산이 생각난다. 그 가슴 떨렸던 알바의 추억! '그럼 그렇지, 이럴 줄 알았어.' 맥이 탁 풀려 망연자실 서 있는데, 그렇게도 안 터지던 전화기가 울린다. 후배 녀석이다.

"어디세요?"
"반대편"
"……."
"……."

연결 상태가 매우 나빠 끊어졌다 이어지기를 반복하는 전화로, 겨우 서로 식사하자고 얘기하는데 통화가 끊기고는 더 이상 연결되지 않는다. 몇 번을 자리를 옮겨가며 다시 걸어도 마찬가지다. 할 수 없이 전화기를 닫는데, 나를 바라보는 모두의 얼굴이 오히려 홀가분해 보인다. 그러고 보니 내 마음도 가벼워지는 기분이다. 그래, 금강산도 식후경이라 했다. 앞으로 갈 길은 나중에 생각하기로 하고, 식사를 위해 다함께 자리를 펴고 앉아 도시락을 꺼낸다. 상황이 어쨌건 오늘도 도시락은 역시 꿀맛, 먹는 동안엔 언제나처럼 걱정은 저만치 던져둔다.

정상에 오르는 것과 용늪을 보는 것은 이제 물 건너갔다. 많이 아쉽긴 했지만, 마음을 비우니 그냥 그대로도 즐거웠다. 그런데 인간사 새옹지마, 길을 잘못 드는 바람에 생각지도 않았던 즐거움을 만났다.

"선생님, 지금 그 꽃 이름이 뭐죠?"

참배암차즈기

"참배암차즈기라는 꽃입니다."

"그럼, 이 꽃은요?"

"그 꽃은 물봉선입니다. 그것은 흰색인데, 물봉선은 붉은색도 있습니다."

"……."

길가 곳곳에 가득한 꽃들을 일행 중 한 분이 아주 열심히 찍으시기에, 그냥 지나가는 말로 꽃 이름을 물었는데 대답에 막힘이 없었다. 야생화를 연구하시느냐는 내 물음에, 그냥 관심이 조금 많은 정도라고 말씀하셨지만, 야생화 박사라고 해도 부족함이 없을 정도였다.

이젠 정상과 용늪을 보지 못한 것이 더 이상 하나도 아쉽지 않다. 아니, 길을 잘못 든 것이 도리어 신나기까지하다. 그렇잖아도 산행을 하면서 만나게 된 들꽃들에 반해 그 이름들을 알고자 애썼지만 쉽게 알 수가 없어 답답했었는데, 오늘 그 답답함을 모두 풀 수 있게 된 것이다. 내가 신나서 이 꽃 저 꽃 부지런히 묻자 꽃 박사님(?)은 묻지 않은 것까지 자세히 설명해 주신다. 예쁜 꽃만큼이나 이름도 정겹고 예쁘다. 그러자 다른 분들도 꽃 박사님께 다투어 꽃 이름을 물어보기 바쁘고, 박사님은 대답하기 바쁘다.

'참배암차즈기', '미역취', '산씀바귀', '뚝갈', '마타리', '개망초', '오리방풀', '흰 송이풀', '모싯대', '잔대', '닻꽃', '투구꽃', '며느리밥풀 꽃', '황금 마타리', '삽주', '짚신나물', '촛대승마', '각시취', '동자꽃', '둥근 이질 풀', '참취(꽃이 핀다)', '물봉선', '쑥부쟁이', '구절초' 등등. 길을 잘못 든 덕분에 제대로 하는 들꽃 산행이다. 이렇게 즐거운 산행이 길을 잘못 든 벌이라면 언제라도 받고 싶은 벌이다. 시간에 쫓기듯, 또는 순위경쟁을 하듯 그렇게 산행을 하던 때가 있었다. 정상엔 꼭 올라야만 한다고 생각하기도 했었다. 하지만, 언젠가 길가의 꽃이 보이면서부터는 더 이상은 달리지 않게 되었다. 그렇게 하늘도 보고, 바람도 느끼고, 길가 이름 모를 풀꽃들을 느끼면서부터는 더 이상 쫓기듯 산행을 하지 않을 수 있었는데, 그때부터 비로소 나는 행복해질 수 있었던 것이다. 산은 오늘 내게 천천히 살라고, 좀 더 여유를 갖고 주변을 돌아보라고, 그때의 그날들을 기억하라고 말해주기 위해, 그러기 위해 나를 지금 이 길로 이끌었나 보다.

꽃의 이름이 입에 붙을 때쯤, 작은 대암산 밑에 도착했다. 선두를 쫓아가야 한다는 조급함에 길을 살펴볼 생각도 않고 냅다 뛰기 시작했던 곳이다. 일찍 내려가서 할 것도 없고 해서 대암산에 올랐던 일행을 기다리려 했지만, 다시 내리기 시작한 비 때문에 먼저 하산하기 시작했다. 인간사 새옹지마, 꼴찌로 여유 부리던 우리가 하산은 일등으로 하게 생겼다. 후배한테 먼저 내려간다 말하려 전화를 해보지만 전화는 여전히 터지지 않는다. 비가 거세게 쏟아진다. 오르기 전 임도에서 미리 우비를 입었으니 망정이지, 하마터면 또 쫄딱 젖을 뻔했다. 작은 대암산 주변은 여전히 비와 안개로 가득해 평소 같았으면 보였을 대암산 정상이 오늘은 보이질 않는다. 올해는 대암산 산행이 이번으로 마지막인데, 멀리서라도 그 모습을 보지 못함이 조금은 아쉬워, 내년에 꼭 다시 오자고 다짐하면서

모싯대

오늘의 행복한 알바를 다시 찾을 핑계로 삼는다. 그런데, 내년에는 정말 정상에 갈 수 있을까?

비는 다시 거세게 내린다. 우비를 입은 덕분에 상의는 많이 젖지 않았지만, 바지 무릎 아래로는 이미 흠뻑 젖었고, 신발도 속까지 젖어 질퍽거리는 것이 꼭 물에 빠졌다 나온 것 같다. 조금이라도 빨리 마른 옷과 양말로 갈아입고 싶은 마음에 휘적휘적 빗속을 걸어 작은 대암산을 내려온 지도 한참, 드디어 숲이 끝나고 대암산 생태 식물원이다. 산행이 끝났다. 하지만, 산행을 무사히 마친 안도감보다는 오늘도 역시 진한 아

236

쉬움이 걸음을 늦추게 하는데, 식물원 가득 피어 있는 꽃들이 거센 빗줄기 속에서 여린 꽃잎을 흔들며 내게 미소 짓는다. 멈춰진 걸음. 멈춘 두 다리 위로 가슴 가득 꽃이 안긴다. 산행 전에 이 꽃들은 내게는 그저 그냥 꽃이었을 뿐이었다. 그런데 이름을 불리운 꽃들이 지금은 이렇게 저마다의 이름으로 내 가슴에 들어와, 어느새 나에게 특별한 존재가 된다.

오늘도 산은 얘기한다. 길 위에서 만나는 모든 것들을 사랑하라고. 길 위의 바람과 햇볕, 꿈꾸는 하늘, 길가에 핀 어린 한 송이 들꽃부터 작은 한 개의 돌멩이까지. 그리고 길, 그 자체를 사랑하라고.

미나리아재비

아직도 가을은 저물지 않는다

춥다. 무척이나 추운 날씨다. 목요일 저녁의 일기예보가 떠오른다. 토요일 오전에 비가 내린다는 예보였다. 혹시나 했는데 역시, 비 온다는 예보 덕분에 모든 주말 산행이 취소되었다. 하지만, 그렇다고 산행을 쉴수 없었다. 이런저런 이유로 몇 주나 산행을 못했는데, 더 쉬었다가는 몸이 굳어져 버릴 것만 같았다. 몇몇 산악회를 수소문했다. 다행히 한 곳이 금요 무박으로 간월산-신불산-영축산 종주 산행을 진행한단다. 망설이지 않고 따라나서기로 했다. 소위 '영남의 알프스'로 불리는 코스이지 않는가. 꽤 오래전부터 가보고 싶었던 곳이다. 더구나 가이드에 대한 부담조차 없어서 마음이 가벼웠다. 뜻밖의 기회, 전화위복인 셈이다.

산행 들머리 배내고개. 고개에 내려 올려다본 하늘엔 비는커녕 구름 한점 보이지 않고, 오히려 주먹만 한 별들로 가득하다. 오리온자리, 카시오페이아자리, 북두칠성……. 너무도 선명한 별자리의 모습에 모두들 아낌없이 탄성을 쏟는다. 그동안 그래도 여러 차례 맑은 밤하늘을 만났지만, 오늘처럼 이렇게 크고 많은 별들을 본 날은 많지 않았다. 그런데 나만 그런 것은 아닌 듯 모두의 두 눈이 하늘로 향한 채 미동조차 않는다.

"조원구 대장이 선두로 안내할 겁니다."
오늘 산행 구간을 다시 설명하고, 안전산행을 재차 다짐하며 던진 산악회 대장님의 마지막 한마디가 귀에 와 꽂힌다. 내가 잘못 들은 것은 아닐까? 이곳 영남알프스는 오늘이 첫 산행인데 나에게 선두를 맡으라니! 잠깐 멍하니 있다가 이건 아니다 싶어서 대장님을 찾았으나, 이 양반 벌써 보이지 않는다. 난감했다. 당혹스러운 나머지 어찌해야 좋을지

태양이 솟는다. 살아 있음을 다시 일깨우는 아침은 언제나 가슴 벅찬 새로움이다.

붉게 물든 아침은 언제나 나를 숙연하게 만든다.

몰라 그냥 두리번거리는데, 어느새 내 주위를 둘러싼 일행들은 어서 가자는 듯한 눈빛으로 재촉하고 있었다. 어쩔 수 없다. 눈 크게 뜨고 되도록 천천히 조심해서 운행하자고 속으로 다짐하며 조심스러운 걸음으로 산으로 든다. 조금은 암담한 내 마음처럼 오늘따라 헤드램프는 유난히 어두운 빛을 뿌린다.

배내봉. 왼편으로 내려다보이는 언양 시내의 야경이 그림처럼 아름답다. 그 너머 멀리 동해바다. 칠흑처럼 까만 어둠 위에 배들은 점점이 빛

으로 반짝인다. 배내봉을 지나서도 계속되는 오르막. 이 정도면 이미 땀을 한 바가지 흘리고도 남았을 텐데 오늘은 낮은 기온과 강한 바람에 재킷을 덧입었는데도 더운 줄을 모르겠다. 능선에 가득한 앙상한 나무들. 어둠을 지켜선 나무들 사이로 길을 찾기가 쉽지 않다. 더군다나 초행길이 아닌가. 몇 차례 길을 놓치기도 했지만, 그럭저럭 능선을 따라 간월산에 닿았다. 멀리 바다 위 붉은 하늘. 눈앞에 앉은 검은 산 너머 검은 바다 위로 새벽이 밝는다. 나는 헤드램프를 끈다. 뒤처진 일행을 기다리면서 잠시 숨을 고르고 간월산 정상에서 간월재로 향한다. 이렇듯 산행은 함께하는 것이 제맛이다. 어둠에 익숙해진 눈은 헤드램프 없이도 길을 찾는다. 간월재 조금 위에 자리 잡은 전망대에 도착하자 동쪽 하늘은 더욱 붉게 물들어 있다. 함께 내려온 몇 명과 말없이 붉게 물든 동녘을 바라본다. 언제나 나를 숙연하게 만드는 새벽 여명. 시계를 본다. 일출은 아직 30분이나 남아 있다. 아, 신불산 정상까지 30분 안에 갈 수 있을까? 잠시 전망대에서 쉬면서 일출을 볼까 하다가 서둘러 신불산을 향해 간월재 쪽으로 내려간다.

오늘 산행에서 가장 힘든 부분이 배내고개에서 간월산까지의 구간, 그리고 지금 오르고 있는 간월재에서 신불산까지의 구간이라고 한다. 그렇다면 이곳 신불산만 오르면 오늘 산행에서 힘든 구간은 모두 끝나는 셈이다. 그렇게 생각하니 오히려 다리에 힘이 붙는다. 나를 막아서듯

그 길은 능선으로 이어지고,
능선은 산으로,
산은 다시 산으로 끝없이 이어지며
내게 이 길의 끝에 있을
또 다른 길을 꿈꾸게 한다.

가파르게 놓여있던 계단도 이제 발밑 저 아래에 있다. 몇 개 남지 않은 계단의 마지막 저항을 넘는다. 마침내 신불산이다.

이미 태양이 뜬 것일까? 다시 본 시계는 일출 시각을 5분도 넘게 남겨 놓았는데 하늘은 벌써 하얗게 밝았다. 정상까지는 아직도 5분여를 더 가야 한다. 간월재부터 겨우 20여 분이 지났을 뿐이다. 이상하다. 시간상으로는 아직 해가 뜨지 않았어야 한다. 내 시계가 맞지 않는건가? 허탈한 마음에 신불산 정상 너머의 하늘을 본다. 그런데 있어야 할 태양이 보이지 않는다. 그렇다. 일출은 시작되지 않은 것이다. 시간이 얼마나 남았는지 생각할 겨를도 없이 두 눈을 하늘에 고정시킨 채 정상을 향해 냅다 뛰기 시작했다. 경사가 거의 없는 능선길이라지만, 가파른 계단을 막 올라선 두 다리는 후들후들 춤추듯 휘청거린다. 드디어 신불산 정상이다. 높게 쌓인 케언이 말없이 맞아준다. 케언 옆에 배낭을 내려놓고, 턱밑까지 차오른 숨을 몰아쉬며 카메라를 들고 동해를 향해 서자 기다렸다는 듯 멀리 바다 위로 태양이 얼굴을 내민다.

태양이 솟는다. 살아 있음을 다시 일깨우는 아침은 언제나 가슴 벅찬 새로움이다. 떠오르는 태양 앞에서 경건해지는 내 가슴이 지금 이 순간 이렇게 벅차다. 새로운 태양, 다시 새롭게 시작되는 아침을 맞으며 신불산 정상의 거센 바람 속에서 늘 가슴 가득 품고 있는 소망을 오늘도 나는 되뇐다. 늘 행복하기를, 언제나 행복할 수 있기를, 그리고 영원히 사랑할 수 있기를 이 새로운 아침에 다시 한 번 소망해 본다. 나, 너, 그리고 모든 이들이 그러할 수 있기를 소망해본다.

영축산을 향해 능선에 선다. 키 작은 나무들이 군데군데 자랄 뿐, 온통 억새로 뒤덮인 평원 위로 길은 외줄기 영축산을 향한다. 이 평원 위에선 길을 잃고 싶어도 잃을 수가 없다. 뒤따르던 일행을 모두 보내고 신불산 바람 속에 혼자 한참을 앉았던 것도 더 이상의 길 안내가 무의미했기 때문이었다. 하지만, 정작 신불산을 쉽게 떠날 수 없었던 것은, 신불산에서 바라다보이던 아침 햇살에 일렁이던 억새로 가득했던 평원의 눈부신 아침 때문이었을지도 모르겠다. 눈앞에 펼쳐진 일망무제의 평원엔 억새와 바람, 그리고 눈부신 햇살과 가슴 저린 그리움으로 가득하다. 바람을 타고 흩어지는 억새 꽃잎들이 햇볕 아래 하얗게 부서지며 평원가득 빛을 뿌리고, 한눈에 다 담을 수 없을 정도로 광활한 평원에 물결치며 일렁이는 억새의 군무는 가슴 깊은 곳을 뜨겁게 한다. 이 길 위에서라면 영원을 걸어도 좋을 듯하다.

평원을 지나온 길은 영축산을 넘는다. 그 길은 능선으로 이어지고, 능선은 산으로, 산은 다시 산으로 끝없이 이어지며 내게 이 길의 끝에 있을 또 다른 길을 꿈꾸게 한다. 멀리 희미한 안개 너머로 빛나는 동해가 있다. 그래, 저 바다 또한 새로운 길의 시작이리라.

행복한 걸음을 걸어 영축산에 닿았다. 꿈이었을까? 평원을 걷던 황홀한 순간들은 이미 꿈인 듯 아련하다. 태양은 머리 위에서 뜨겁고, 햇볕을 타고 흐르는 바람이 따뜻한 손길로 내 뺨을 어르는데, 어느새 햇살 좋은 가을의 오후가 조용히 내 곁에 앉는다. 지금 이 순간엔 지나온 시간에서도, 또 맞아야 할 날들로부터도 완벽히 나는 자유롭다. 홀로 남은 이 고요한 산정에서 나는 지금 비로소 내 자신이 된다.

무한정 앉아 해바라기를 즐길 순 없는 일, 일상을 향해 아쉬운 걸음을 다시 옮겨 오늘의 하산 기점인 함백재로 향한다. 함백재로 이어진 두 개의 봉우리를 넘는 능선 곳곳엔 따스한 가을볕이 눈부시고, 능선 아래 계곡으로는 형형색색 늦은 단풍이 꽃보다 곱다. 가을로 빛나는 길 위에서 나는 다시 행복에 겨워 걷는다. 그렇게 걸어 어느새 함백재에 닿는다. 서둘지 않았음에도 시간은 여유가 많아 볕 좋은 곳을 골라 낙엽 위에 앉았다. 배고픔은 벌써 아픔으로 바뀐 지 오래. 영축산에서 간단하게 요기를 했지만, 그렇게 해결될 배고픔이 아니었나 보다. 하지만, 배낭엔 아무것도 없을 터, 그래도 혹시나 하는 마음에 한참을 구석구석 뒤적이자 언제 넣어둔 것인지 모를 초코바 한 개가 나온다. 이렇게 반가울 수가! 그렇다. 행복은 어쩌면 이런 것인지도 모르겠다. 겨우 한 개의 초코바로도 이렇게 행복해질 수 있을 줄 어찌 생각이나 했었던가. 나는 행복해한다. 푸른 하늘과 하얗게 빛나는 태양에도 행복해하고, 따뜻하고 부드러운 바람에도 나는 행복해한다. 지금 이렇게 평화로운 오후 또한 나를 행복하게 한다. 그래서 나는 고마워한다. 일상의 작은 것들로도 이렇게 행복할 수 있음을 나는 정말로 고마워한다. 그렇게 고마워하며 한참을 앉아 볕을 즐기는 사이 어느덧 하산할 시간이다. 기온은 꽤 높아졌다. 덥다. 높아진 기온은 내 옷을 한 꺼풀 벗긴다. 벗은 옷을 주섬주섬 배낭에 넣고 가볍게 일어나 고개를 내려선다. 얼마 지나지 않아 백운암을 만났다. 고즈넉한 암자에는 부처님께 절을 올리는 몇 분의 옷깃이 부딪치는 소리만이 나지막이 들릴 뿐이었다. 그 고요함이 너무 평온해 멀찍이 서서 부처님께 인사드리고, 물 한 모금 얻어 마신 후, 나머지 하산길도 무사히 살펴 주십사 합장해 다시 인사 올리고 발끝으로 조용히 백운암을 나선다. 짧은 계단을 내려와 돌아보니 파란 하늘을 이고 앉은 백운암의 모습이 왠지 눈물겨워 잠시 서서 가슴에 담고 다시 걸음을 돌려 계곡으로 내려간다. 얼마를 걸었을까? 드디어 계곡을 벗어나 임도에 섰고, 임도를 따라 다시 한참을 걸어 비로암과 극락암의 갈림길을 지나 도로를 따라 산을 벗어나 통도사로 향한다.

　통도사. 사찰을 가득 메운 사람들과 저마다의 소망들. 그 한편에서 내 소망도 같이 더해 조용히 두 손을 모았다. 사찰을 나서서도 일주문까지 1시간여를 더 걷는다. 그렇게 한참을 걷는 동안 꿈꾸듯 걸었던 신불과 영축의 능선이 그리워져 마음은 백만 번이나 뒤돌아본다. 가슴 한쪽이 허전하다. 아무래도 저 능선, 저 억새평원 어딘가에 내 마음 한 조각 흘리고 왔나보다.

지리산 종주가 대둔산 소풍으로

지리산 1무 1박 3일의 종주산행. 기대가 크면 실망도 크다고 했던가. 그렇게도 어렵게 세석 대피소 예약에 성공해 세석의 밤을 손꼽아 기다 렸는데, 그 설렘은 아쉬움만 더 크게 했다.

반선. 새벽의 식사를 마칠 때쯤 입산이 금지되었다는 소식을 듣는다. 강풍 주의보가 내렸단다. 기가 막히다 못해 머릿속이 하얘지면서 아무 생각도 들지 않았다. 그렇게도 걱정했던 비를 피했는데, 생각지도 못했 던 바람이라니! 속으로 '된장국'을 수없이 외치면서 입산금지가 풀리기 를 기다렸지만, 식사를 끝낸 지도 한참, 상황은 나아질 기미가 보이지 않는다.

무작정 기다린다고 될 일이 아니라는 경험 많은 산꾼들 모두의 목소 리. 언제 이루어질지 모르는 지리산 입산을 기다리기보다, 늦기 전에 다 른 산을 찾자고 의견을 모았다. 동병상련, 같은 처지의 여러 산악회 대 장들이 모여 머리를 맞대고, 지도 위에서 한참 동안 궁리를 한다. 하지 만, 이 많은 사람들의 아쉬움과 실망을 달래려면 동네 뒷산 정도로는 턱 도 없을 것이다. 얼마나 됐을까! 지도를 접고 여기저기 전화를 하더니, 통화를 마치고 잠시 모여 숙의하던 대장들. 이내 기다리고 있던 사람들 을 불러 모았다. 몇 군데 전화해본 결과, 지리산을 기준으로 남쪽이나 동쪽은 이곳과 별 차이가 없는 상황이라며, 지리산에서 남쪽과 동쪽에 위치한 국립공원이나 공립공원들은 모두 입산이 금지될 가능성이 무척 높단다. 하지만, 만약 입산이 허용되는 곳이 있다 하더라도 산행을 마치 고 서울로 돌아가려면 지리산에서 더 이상 멀리 갈 수는 없다면서, 이동

지리산 종주가 대둔산 소풍으로

거리와 산행 시간, 그리고 산행 후 서울로 돌아갈 시간을 따져보니, 성에 차진 않겠지만, 충남 금산에 위치한 대둔산 한 곳 외에는 갈 곳이 없단다.

대둔산. 험하고 가파른 바위로 이루어진 대둔산은 한국 8경의 하나로 꼽힐 만큼 사계절 모두 매우 아름다운 산이다. 대둔산에 솟은 기암들의 당당함과 아름다움은, 금강산을 닮은 수많은 소금강 중에서도 가장 금강산에 가까운 모습으로, 특히 기암괴석과 단풍이 어우러지는 가을에 최고의 절경을 자랑한다. 더불어, 하늘로 오르듯 아찔하게 솟은 삼선 계단과, 높이 81미터로 서서, 50미터의 길이로 임금바위와 입석대를 이어주는 대둔산 구름다리는, 대둔산을 오르는 또 다른 즐거움을 주기에 충분하다. 또한 구름다리까지는 케이블카가 놓여 있어, 산행이 힘든 사람들도 수월하게 구름다리까지 오를 수 있다. 대둔산 구름다리는 강천산과 월출산의 구름다리와 함께 우리나라 3대 구름다리로 불리는 명물이다.

반선에서 서둘러 출발한 덕분에 아침 8시가 되기 전에 대둔산에 도착했다. 바람은 역시 심하게 불고 있었지만, 다행히도 산행을 방해받을 만큼은 아니었다. 지리산에 비하면 가벼운 산책 정도로 느껴지는 대둔산 산행. 하지만, 언제나 마음을 놓아서는 안 되는 것이 산행이다. 아무리 가벼운 산행이라도 충분히 조심하고 주의해야만 한다. 산을 높낮이로 따져, 낮은 산이라고 쉽게 봤다가는 생각지도 않은 위험에 처할 수도 있다. 산에서 발생하는 사고는 대부분, 자신의 능력을 과신하고 산을 쉽게 대할 때 일어나곤 한다. 그러니 늘 겸손한 가슴으로 산을 경외하는 마음을 잊지 말아야 할 것이다.

가벼운 마음과 가벼운 몸으로 대둔산을 오른다. 산행시간이 길지 않고, 식사도 산행 후에 하기로 했기에, 함께 간 후배 셋 중 한 녀석에게만 배낭을 지우고, 나와 두 녀석은 배낭 없이 맨몸으로 나섰다. 걸음이 가벼우니 가벼운 기분에 즐거운 산행. 그러나 네 명분의 김밥과 물을 짊어지고, 모두를 대신해 혼자 배낭을 둘러맨 후배의 모습에, 고마움과 미안함에 앞서 웃음이 나온다. 아무래도 녀석이 별로 힘들어하지 않으니 미안함이 덜한 듯하다.

경사가 50도가 넘는 127개의 아찔한 삼선계단을 타고 대둔산 정상, 마천대에 올라섰다. 안개에 쌓인 마천대. 산정을 휘도는 거센 바람에 소용돌이치는 안개에 갇혀, 날아갈 듯 춤추는 옷자락으로 바람 속에 섰다.

산은 오늘도 내 걸음을 물었다. 지나온 길 위의 날들을 내 가슴에 물어왔다. 후회도, 슬픔도, 행복도, 미련도 모두 말하라고 한다. 그래서 나는 묻는다. 한치 앞도 볼 수 없는 안개 속, 수만 갈래로 뻗은 길 위에서 나는 길을 묻는다. 그러나 가슴에 울리는 것은 지난 시간들의 회한과 이루지 못한 다짐들, 그리고 행복했던 순간들의 작은 미소들. 바람은 지나온 길 위의 얘기만을 내게 들려줄 뿐이다. 어떻게 살겠노란 머릿속 다짐도 바람에 실려 흔적도 없이 사라져 버린다.

그렇게 산은 내게 말했다. 어디로 가야 하는지 혼자 묻는 내게, 새로운

금강문

동심바위

것은 아무것도 없으니, 늘 새롭지 않느냐 했다. 그렇다. 지나온 길 위에 내가 가야 할 길이 있었다. 길은 내 안에 있었다. 지금 내가 서 있는 이 길이, 내 가슴이 향하는 곳이 내가 가야 할 길인 것이다. 산은 다시 이야기한다. 지나온 그 모든 날들을 온전히 인정하고 받아들이라고, 어떠한 고통도 모두 나의 것이니, 외면하지 말고 끌어안으라 한다. 시작은 늘 그곳에 있었고, 또 있을 것이니, 머리가 아닌 가슴으로 자신을 이해하는 날, 다짐이 아닌, 그 자체를 살 것이라 이야기한다.

얼마를 바람 속에서 날고 있었을까. 땀은 모두 식어버린 지 오래, 축축한 안개와 바람에 어느새 으슬으슬 한기가 들었다. 그 추위에 더해 오는 배고픔. 마음은 어떨지 몰라도 몸은 언제나 정직하기만 하다. 신이 나서 맞던 바람을 피해, 하나밖에 없는 배낭에서 꺼낸 김밥과 간식으로 허기를 달랜다. 아무도 배낭을 갖고 오지 않았으면 큰일 날 뻔했다. 모두가 배낭을 지고 온 녀석에게, 네가 있어 정말 다행이라며 고맙다는 말 대신 한바탕 웃었다. 잠시 머물다 갈 뿐, 오를 수는 있어도 결코 정복할 수는 없는 산정을 가슴에 품고, 바람에 떠밀려 발길을 돌린다.

구름다리를 건넌다. 다리 위, 내 몸을 휘청거리게 하는 강한 바람과 난간 너머 펼쳐지는 아찔한 전경에 걸음을 멈춘다. 하늘을 걷는 듯, 구름 위를 걷듯, 옷자락을 날개인양 다시 펄럭이며, 가슴은 바람에 솟구쳐 하늘로 오른다. 대둔산 품에서 다시 지금 내 가슴은, 찰나 속의 영원한 자유를 꿈꾼다.

춥다고 너무 서둘러 일찍 내려왔나 보다. 정신없이 내려 선 구름다리

대둔산 구름다리

에서 올려다보니, 어느새 안개는 모두 걷혀, 푸른 하늘을 뒤로 하고 서 있는 마천대의 모습이 당당하다. 이럴 수가! 조금만 늦게 올랐더라면 좋았을 것을. 아니, 조금만 더 늦게 내려왔더라면 좋았겠다는 아쉬움이 두 다리를 붙잡는데, 산정에서 먹은 김밥 한 줄로는 어림도 없는 배고픔이 걸음을 재촉하게 한다. 산행은 힘겹지 않았고, 또 짧았지만, 아침을 새벽에 먹은 데다 서울에서 반선까지, 다시 반선에서 대둔산까지 버스에서 시달렸으니, 배고프지 않다면 그게 더 이상하리라.

　맑아진 하늘에 아쉽기만 한 짧은 대둔산 산행. 하지만, 배고픔은 서둘러 배낭을 풀게 한다. 배낭에는 지리산 1무 1박 3일의 종주산행을 위해 준비한 음식으로 가득했다. 비록 지리산 산행은 무산되었지만, 준비한 음식들을 그대로 다시 가지고 갈 수는 없다는 각오로 대둔산호텔 주차장 한편에 자리를 펴고 앉아, 밥하고 라면 끓이고 삼겹살까지 구워, 뜨거운 땡볕 아래 콘크리트 바닥에서 소풍을 즐긴다. 그랬는데도 전혀 줄지 않는 후배들 배낭의 부피는 무엇이 얼마나 담겼는지 신기할 따름이었다.

땡볕도 아랑곳하지 않고 한참을 먹고 마셨다. 세석의 밤과 함께 나누려 했던 몇 병의 술도 모두 비워버렸다. 대낮의 음주, 뜨거운 햇볕. 몸도 마음도 달아 오르자 하늘이 조금씩 맴을 돌았다. 그렇게 다시 한참이 지난 시간. 이제 그만 치워달라는 누군가의 화난 목소리에 돌아보니, 호텔 종업원의 못마땅한 얼굴이 노려보고 있었다.

먹을 만큼 먹었고, 어느새 시간도 흐를 만큼 흘렀다. 집으로 출발할 시간도 얼마 남지 않아, 펼쳐놓았던 음식이며 쓰레기들, 그리고 쿡 세트와 스토브를 모두 정리해 다시 배낭을 꾸린다. 그런데, 그렇게 비웠어도 여전히 가득 찬 배낭. 마음은 다시 배낭을 메고 지리산으로 향한다.

서울에 도착하니 채 오후 5시도 되지 않은 시간. 집으로 돌아가는 길, 지리산 탐방안내소에 전화를 했다. 여전히 풀리지 않은 지리산 입산 금지. 하지만, 서울의 하늘은 어찌 그리도 좋던지! 하늘에 붙들려 중천에 걸린 태양, 양떼들 몰려가듯 파란 하늘 점점이 새하얀 뭉게구름, 시간이 멈춘 한여름의 오후가 눈부셨다.

산은 오늘도 내 걸음을 묻는다.

바다를 달려온 바람은

산 위에 놓인 징검다리를 타고
하늘을 걷는다.

좌우로 펼쳐진 바다
하늘의 구름 점점이 그림자를 드리우고
그 사이사이
갯벌에 내려앉은 햇빛은 비늘처럼 번뜩인다.

바다를 달려온 바람이
온몸 구석구석
차가운 아픔으로 박혀
숨 쉬기조차 힘겨울지라도
내게는 그저 살아 있음의 증명

가슴가득 바다를 품은 능선 위에서
비로소 나는 자유를 얻는다.

마 니 산 바다를 달려온 바람은

지 리 산 백 무 동
희망은 다시

백무동, 다시 지리산. 비가 온다는 예보가 무색하게 하늘엔 별이 가득했고, 보름을 갓 넘긴 달은 오랜만에 밝았다. 무거운 몸. 일상에 갇혔던 육체는 깨어나지 못한 채, 물 젖은 솜처럼 팔과 다리의 움직임조차 버거워하며, 그냥 중산리로 넘어가 쉬자 했다. 흔들리던 마음. 하지만, 가슴은 고개를 저었다. 저 능선, 저 산마루 어딘가에 있을 잃어버린 나를 만나야 하기 때문이다. 내 가슴이 가야 할 길을 찾아야 하기 때문이다. 후회는 남겨도 미련은 결코 남기지 않는 삶을 살고자 하기 때문에 나는 오늘도 길 위에 선 것이다

'그래, 가자! 먼 길을 달려 온 이유가 무엇이었던가!'

머뭇거리던 두 발은 다시 걸음을 옮긴다. 길을 안다는 것이 그 길로 갈 수 있다는 보장은 아니겠지만, 그 길을 가기 위한 노력조차 포기할 수는 없지 않겠는가!

계곡 입구에서 지리산 신령께 이번에도 무사히 산행을 이끌어 달라 인사드리고 일행의 뒤에 섰다. 모처럼 백무동 계곡에는 사람으로 가득, 몇 안 되는 우리 일행도 그들과 섞여 헤드램프의 불빛을 앞세워 줄지어 산으로 든다.

서늘한 어둠. 헤드램프를 끄고 뒤에 남은 지 한참, 사람들의 소란함은 더 이상 들리지 않았고, 계곡을 흐르는 물소리만이 산중에 가득했다. 바람 한 점 일지 않는, 낙엽의 부스럭거림조차 잠들은 고요한 숲을 지난다. 어둠을 밝히는 고고한 달빛. 앙상한 가지들 사이로 부서져 내린 달빛 푸른 길 위의 나를 막아선 내 거친 숨소리 너머의 완벽한 침묵. 멈춰

제석봉

진 걸음 위의 가쁜 숨이 가라앉자 날 지켜선 푸른 어둠 속의 침묵이 내게 묻는다. 후회하지 않겠느냐고, 가고자 하는 길에 후회는 없겠느냐고 길을 비켜 내게 묻는다. 다시 열린 길. 그러나 두 발은 땅에 붙은 듯 움직일 줄을 모른다.

후회! 누구나 그러하겠지만, 나 역시 늘 후회 없는 삶을 살고자 했다. 최선이 아니면 차선을, 차선도 안 되면 그 다음을, 또 그 다음을. 그렇게 신중하게 선택하려 했고, 신중하지 못해 잘못된 많은 선택들 또한 나의 것이었기에 최선을 다하려 했었다. 하지만, 늘 후회는 남는 법. 잘못 들

지리산 주능선. 멀리 반야봉과 노고단이 손에 잡힐 듯 가깝다.

었던 길들, 성급했던 걸음들, 그리고 너무 일찍 단념하거나 너무 늦게 포기한 것들, 하기 싫었어도 할 수밖에 없었거나, 가고 싶었어도 갈 수 없었던 길까지, 돌아보니 모든 것이 후회투성이라 해도 과언이 아닌 듯하다.

이렇게 많은 후회가 있는 삶이 정말 온전한 삶일 수 있을까? 잘못된 삶, 실패와 패배만 있는 삶이진 않을까? 하지만 그렇지는 않으리라. 그 모든 후회는 모든 선택의 결과일 뿐이다. 선택했거나, 선택하지 않았거나 그 선택들의 반대편에 있는 것일 뿐이다. 이런 물음이 있다.

'해도 후회, 하지 않아도 후회한다면 어떻게 할 것인가?'

나는 이렇게 대답한다. 해보지 않은 후회는 두고두고 가슴에 미련으로 남아 뒤돌아보게 하겠지만, 하고 나서의 후회는 잘못을 시정해 앞으로 나갈 수 있게 한다고 믿기 때문에, 어떤 경우에도 후회할 수밖에 없다면 나는 해보고 나서 후회하는 쪽을 택할 것이라고. 미련, 어쩌면 '후회'로 불리는 대부분의 것들은 '후회'가 아닌 '미련'이리라. '그때 이럴걸!' 하는 '미련'과 '이제는 이렇게 해야지!' 하는 '후회'. 그렇게 과거에 얽매이는 미련이 아닌, 앞으로 나아갈 수 있는 후회라면 적당히 후회하는 삶이어도 좋지 않겠는가!

가슴에 미련만큼은 절대 남기지 않으려 해도 나 역시 어쩔 수 없는 범부. 늘 후회와 미련으로 가득한 가슴이지만, 그래도 나를 묻고, 내가 가야할 길을 묻기 위해 다시 지리산의 지혜를 구한다. 어쩌면 천형처럼 안고 살아가야 할 후회와 미련들. 아련한 후회에 달빛 젖은 가슴은 지금 이렇게 눈물겹다.

함께 온 일행들은 보이지 않았다. 역시 다들 일출을 맞으러 천왕봉으로 향했는지, 백무동을 가득 채웠던 사람들 대신, 장터목엔 고요한 어둠만이 숨 쉬고 있었다. 어둠에 잠긴 외로움. 걸음은 어서 천왕봉으로 가자 했지만, 아침을 기다리는 장터목의 고즈넉한 외로움이 가슴을 붙들었다. 그래, 서두를 이유가 무엇이겠는가! 천왕봉의 일출이야 내일도, 또 내일도 있지 않겠는가! 여명 속에 고즈넉이 앉은 장터목 대피소. 그 한쪽 벽에 기대어 앉아, 외로움조차 가슴 뛰는 지리산의 아침을 맞는다.

취사장을 이용하는 사람 역시 서너 명으로 한가했던 장터목의 아침. 오랜만에 스토브와 쿡 세트를 지고 온 나도 여유 있게 아침을 지어 혼자만의 오붓한 식사를 마쳤다. 혼자서 하는 식사를 결코 좋아하지 않는다. 하지만, 산에서는 혼자 하는 식사가 즐겁기까지 하니, 아무래도 이렇게 살아야 할 것만 같다.

추운 계절의 산에서는 역시 따뜻한 음식이 최고다. 따뜻한 물과 음식은 추위에 움츠러들었던 몸을 풀어 주었고, 스토브로 덥혀진 취사장의 온기는 식사를 마치기도 전에 눈꺼풀을 무겁게 했다. 식사하는 동안엔 그럭저럭 참을 수 있었던 천근만근으로 무거워진 눈꺼풀은, 식사를 마치자마자 대피소 침상을 찾게 만들었다.

어느새 붉게 물든 동녘 하늘엔 태양이 솟아 있었다. 구름 한 점 없던 하늘. 3대가 덕을 쌓아야 볼 수 있다고 할 만큼 만나기 힘든 천왕봉 일출. 이날 천왕봉에 오른 사람들은 모두 훌륭한 조상님을 두었던 듯, 장

터목에서 보았던 하늘만으로도 황홀했을 일출이었을 듯해 살짝 아쉽기는 했지만, 이미 반쯤 졸고 있던 나는 대피소 침상을 더 반가워했다. 거의 비워 있던 침상. 한쪽에 개켜놓은 모포를 깔고, 덮고, 베게 삼아 누워 달콤한 아침잠 속에서나마 지리산의 일출을 꿈꿨다.

　시끄러운 소리에 눈을 떴다. 얼마나 잤을까? 창밖은 환하게 밝아 있었다. 조용하던 대피소가 무지막지하게 떠드는 한 무리의 사람들로 떠나갈 지경이었다. 얘기를 들어보니 회사 단체 산행을 온 부산사람들이다. 새벽에 백무동에서 올라 온 듯, 지리산이 처음이라느니, 이렇게 힘들 줄 몰랐다느니, 남들이 보면 싸운다고 생각할 만큼 크고 사나운 목소리로 대피소가 떠나가라 외쳐대고 있었다. 나도 경상도 촌놈이지만, 경상도식 대화는 언제 들어도 시끌벅적 요란하기만 하다. 하지만, 사람들이 자고 있으면 목소리를 낮추든가, 아니면 나가서 떠들어야지, 애들도 아니면서, 모르는 건지, 생각이 없는 것인지, 자고 있는 사람들에 대한 배려라곤 눈곱만큼도 없던 사람들. 정말 누군가를 배려한다는 것이 그렇게 힘들고 어려운 것일까? 몇 번 눈이 마주쳤음에도 작아지지 않는 목소리에 자는 사람들을 생각해서라도 조용히 해달라고 한마디했지만, 이미 잠은 달아난 지 오래라 다시 누워서도 눈만 말똥거렸다.

시계바늘이 8시를 조금 넘겼다. 중산리에서 서울로의 출발은 오후 3시. 얼른 계산해도 시간이 많이 남아서 좀 더 눈을 붙이려고 대피소 청소가 끝나길 기다렸지만, 장터목의 바람은 자꾸만 천왕봉으로 가라고 나를 떠민다.

청명한 하늘. 제석봉이 이고 선 티 없이 맑은 하늘을 건너, 지리산 능선 최고의 마루에 오른다. 힘차게 달려온 지리의 능선이 불끈 솟은 곳. 칠선계곡과 백무동, 중산리, 그리고 제석봉 너머 멀리 노고단과 반야봉. 지리산의 능선이 파노라마처럼 펼쳐지는 곳, 천왕봉. 그곳에서 바라다

보이는, 내 짧은 말로는 표현할 수 없는 지리의 능선. 돌아서면 그리움
되어 다시 나를 부르는 그 능선의 아득한 기억에 누구인들 가슴 설레지
않을 수 있겠는가! 바람조차 살뜰히 불었던 그날. 따뜻한 햇볕이 일렁이
는 천왕봉에서 내 가슴은 다시 행복에 겨웠다.

돌아가야 할 시간. 그 많던 시간은 어느새 모두 지났다. 물 먹은 솜처
럼 무겁던 몸도 더 이상 없었다. 가벼운 걸음. 개선문에서 잠시 멈췄던
걸음은, 이내 법계사와 로터리 대피소를 지나, 순두류를 향해 계곡과 숲
을 넘나들며, 부드럽게 이어지는 길을 따라 햇빛 속으로 나선다.

순두류. 때마침 올라오던 버스. 법계사가 절을 찾는 신도들을 위해 중산리 탐방 안내소부터 순두류까지 운행하는 셔틀버스를 운 좋게 기다리지 않고 바로 만난 것이다. 버스를 보자 그때까지 멀쩡하던 다리가 꾀를 부리는지, 무릎과 발목이 시큰거린다. 그렇게 올라탄 버스. 그런데 버스비는 정해진 액수가 아닌, 시주로 대신한단다. 하지만, 비어 있는 내 주머니! 반가운 마음에 버스비는 생각하지 않고 무작정 올라탄 것이었다. 시주하지 않는다고 내리라 하진 않았겠지만, 민망한 마음에 여기저기 배낭의 작은 주머니들을 뒤지는 내게 기사 아저씨는 웃으며 됐다고 했다. 도리어 받은 도움. 배려해주신 마음을 어찌 돈으로 갚을 수 있겠는가마는, 그래도 배낭을 뒤져 찾은 몇 개의 동전에, 고마운 마음 몇 곱에 몇 곱을 더해 감사드렸다. 돈의 크고 작음보다는 마음의 크기가 더 중요하지 않겠는가! 그사이 5분여를 달려 중산리 탐방 안내소. 버스가 멈추고, 산행은 그렇게 끝이 났다.

늦은 가을하늘만큼이나 나를 행복하게 했던 그날의 기억들. 뜨거운 무릎과 시큰거리는 발목처럼, 언제나 산행 뒤에 남는 아쉬움과 후회에 나는 다시 길 위에 서리라 다짐을 한다. 항상 행복할 수는 없겠지만, 그래도 나는 행복할 것이고, 미련이 아닌, 후회하는 삶을 살아갈 것이다.

하늘은 맑았고, 따뜻한 바람이 조용히 흘렀던 그날. 기분 좋은 피로와 옅은 나른함이 한낮의 눈부신 태양과 함께 나를 감쌌던 그날. 그날, 산이 아픔들을 덜어준 비워진 가슴엔, 다시 희망이 자랄 것이다.

주목 군락지

태백산
모두가 행복하게
하 소 서

동해 일출. 새로운 아침, 새로운 다짐.

새벽이 밝는다.
순결한 태백의 속살 하얗게 드러나고
부끄러운 듯 쌓인 눈 휘몰아
바람은
내 눈을 가린다.

한 걸음씩 밝아 오는 동녘을 쫓아
능선에 선다.
앙상한 가지 이고 선 나무들 사이
하늘 붉게 태우는 첫 아침이 솟고
멈춰 선 두 다리 위 가슴 뜨겁다.

태백산 천제단. 첫날, 첫 아침의 기원이 모두 이루어지기를….

빛나는 아침
상고대 만개한 주목의 군락
가지마다 켜켜이 쌓인 설화 붉게 물들고
봉우리 넘어 순백의 길 하늘로 이어지니
천상의 정원에서 겨울은 숨을 멈춘다.

걸어걸어 하늘 밑 천제단
제단에 놓인 산객들의 소박한 마음
그 마음들에 내 마음 더해
새해 첫 아침에 천지신명께 두 손 모았다.

비오니, 태백의 신령이시여!
모두가 행복하게 하소서!
모두가 모두가
사랑하게 하소서!

태백산 모두가 행복하게 하소서

285

이제 겨울을 보내려 합니다.
그날, 태백의 그 거친 바람은 이젠 흔적도 없지만
그곳에 남은 우리의 마음은 언제까지나 그 바람을 기억할 것입니다.
빛나는 새벽을 향해 우리를 이끌던 그 바람을 말입니다.

겨울을 힘껏 매어두려 했지만
매듭 사이로 어느새 봄이 스미네요.
벌써 계절이 바뀌고 있습니다.
하지만, 계절이 바뀌어도
가슴에 전해지던 그 바람은 한결같겠지요?

따뜻한 가슴이 그립습니다.
오늘은 가슴 가득 봄을 담고 싶습니다.
그래서 당신이 그리운 지금입니다.

태백산 모두가 행복하게 하소서

월출산 구정봉

그 지키지 못한 약속

머칠 전부터 촬영 날짜가 오락가락하더니 아니나 다를까, 클럽 정기산
행일인 일요일에 촬영날짜가 잡혔다. 처음부터 날짜가 이리저리 춤추는
것이 영 찝찝하더라니. 그래도 혹시나 했는데 역시나가 되어 버렸다.

어떡해야 하나. 아무리 머리를 굴려 봐도 산행에 참여할 방법은 딱 한
가지, 촬영을 하지 않는 것이다. 하지만, 어찌 밥줄을 놓을 수가 있겠는
가! 그렇다고 이미 약속해 놓은 정기산행을 취소할 수도 없고. 해서, 광
고주에게 일정을 당길 수 없느냐고 사정 반, 협박 반.

다행히 일정을 하루 앞당겨 토요일 2시부터 시작하기로 했다. 이번에
도 새벽녘에야 촬영이 끝나겠지만 잠이야 버스에서 자면 충분할 터, 가
벼운 마음으로 촬영 장비를 싣고서 대치동 주택문화관으로 향했다.

토요일 오후 3시.

촬영 준비를 끝내고 촬영 목록을 확인하니 처음과 많은 차이가 났다.
어찌된 거냐고 물으니 컷이 조금 추가됐단다. 조금? 거의 두 배로 늘었
는데 조금이란다. 예상치 못한 상황이다. 그렇지만, 추가될수록 비용도
올라가니 마다할 이유는 없는데, 시간 안에 끝낼 수 있을지 걱정이 된
다. 조금은 불안한 마음으로 서둘러 작업을 시작한다.

토요일 오후 9시.

저녁 시간이 한참이나 지났다. 작업하다 보면 제때 밥을 먹는다는 것
이 쉽지 않은데, 이렇게 밖에서 촬영할 때는 더욱 그렇다. 더구나 나가서
식사를 하려면 장비를 정리해놓고 갔다 와야 한다. 하지만, 그럴 경우 몇
시간을 까먹기 때문에 그냥 일하면서 간단한 것으로 때우는 때가 대부분

이다. 저녁 시간이 많이 지났지만, 아직은 견딜만 하니 참고 넘긴다.

토요일 오후 11시.

배고프다. 아니, 고프다 못해 쓰리고 아프다. 조금만, 조금만 하다가, 밥 먹을 때를 놓쳤다. 근처 음식점들은 모두 문을 닫았을 시간이라서, 촬영 후에 맛있게 먹자고 했다. 그러자 다들 배고프다고 난리, 굶기면서 일 시킨다고 머리띠를 두른단다. 하지만, 그냥 버티기로 한다. 왜냐하면 아직도 찍어야 할 컷은 너무도 많기 때문이다. 난 나쁜 놈이다.

일요일 새벽 2시 40분.

졸리다. 머리는 천근만근 무겁고, 눈은 이러다 빠지지 않을까 싶을 정도로 아프다.

막내가 한마디한다.

"실장님, 조명 때문에 눈 나빠지겠어요."

나도 한마디.

"그럼 난 이미 백만 년 전에 눈멀었게?"

다시 막내.

"배고파요."

"나도."

"……"

"……"

어쩌랴. 나도 배고픈데. 그런데 슬슬 불안해졌다. 시간은 이미 3시가 다 됐는데, 촬영 분량은 절반도 더 남았다. 늦어도 6시에는 끝내야 사무

실 들어가서 씻고, 옷 갈아입고, 배낭 챙길 시간이 될 텐데, 불안한 마음에 속도를 내보려 하지만, 어디 뜀박질도 아니고. 거기다 다들 눈에 졸음이 가득한 걸 보니 에구, 예감이 안 좋다.

일요일 새벽 4시 50분.

정확히 절반의 촬영이 끝났다. 도저히 원하는 시간 안에 끝낼 수 없을 것 같다. 진퇴양난, 사면초가. 팀장을 불러 한마디 했다.

"팀장아, 나머지는 네가 찍어라. 난 6시에 가봐야 하니까."

"……."

아무 대답 없이 나를 쳐다보는 녀석의 눈빛은 내게 이렇게 말하는 것 같다.

"뒷감당을 하실 수 있겠어요?"

아, 머리엔 쥐나고 배고파 쓰린 속은 난리다.

일요일 아침 6시.

출발해야 할 시간이다. 하지만, 끝내기에는 어림 반 푼어치도 없는 상황. 할 수 없이 눈물을 머금고 단념한다.

내 휴대폰은 토요일 저녁에 일찌감치 잠이 들어, 막내의 전화기를 빌려 대장님께 상황을 설명하고, 우리 '산이 꾸는 꿈' 식구들을 부탁드렸다. 그리고 총무가 오면, 찍힌 번호로 전화 달라는 부탁까지. 황당해 할 후배의 얼굴이 눈에 선했지만, 산행을 단념하니 오히려 마음이 편안해 졌다. 하지만, 배고픔만큼은 도저히 어찌할 수 없었다.

월출산 구름다리

일요일 아침 7시 30분.

막내가 건네준 전화. 후배 녀석이었다. 사정을 설명하고 전화를 끊었지만, 마음엔 미안함이 가득했다. 미안한 마음은 어느 때보다 즐거운 산행이 되기를 마음속 깊이 빌고, 또 빈다. 부디, 마구마구 행복한 산행이 되기를.

그리고……

토요일 저녁은 물론, 아침, 점심도 거르며 촬영을 마친 시간이 오후 2

월출산 구정봉

시. 거의 24시간 동안 바짝 긴장해 있던 신경이 촬영 종료와 함께 끈 떨어진 연처럼 풀려버려 한동안 주저앉아 멍하니 하늘만 봤고, 나중에 충전해서 켠 휴대폰에는 어찌나 많은 전화가 와 있던지. 먹고살자고 하는 일인데, 굶어 가면서 이게 뭐 하는 짓인가 싶기도 했지만, 이렇게 일하는 것도 싫지 않으니 직업 하나는 잘 선택했다는 생각도 들긴 했다.

스튜디오에 돌아와 급하다는 재촉에 데이터를 모두 정리해 넘긴 시간이 저녁 6시경. 그리고 나서야 등에 붙은 배를 떼어내려 순대국밥 한 그릇에 소주 한 병을 비우니, 나도 모르게 눈물이 찔끔거렸다. 아, 배부르니 이렇게 좋은 것을.

식사를 끝내고 다시 스튜디오로 들어가며 후배에게 전화를 해 어디냐고 물었다. 고속도로 위라는 대답에 그럼, '고속도로 밑으로도 다니느냐.'라고 말하려다, 썰렁하다는 구박이 두려워 조심히 들어가라는 말로 미안함을 대신했는데, 그래도 다행인 것이 있다면 목소리에서나마 산행이 나쁘지 않았던 것 같은 느낌이 묻어나서 조금이라도 위안을 얻었다.

함께하진 못했지만, 후배들에겐 행복한 산행, 나에겐 행복한 촬영이었다.

무슨 변명이 이리 늘어지느냐고? 그만큼 나도 아쉬웠다고!

혼자이면서 혼자가 아니었던 지리산 화대종주, 그 3일의 기억 – 첫째 날

너무 여유를 부렸던 것일까! 용산에서 구례구로 가는 마지막 열차의 표가 입석까지 모두 매진되었다. 할 수 없이 버스를 타려 했지만, 막차도 출발이 너무 일러 시간이 맞지 않았다. 그때, 주말과 휴일 내내 비가 온다는 예보가 떠올라, 차편이 없다는 핑계로 산행을 포기할까 잠시 망설였지만, 스스로를 속이지는 못하는 법, 혹시나 하는 마음에 환승으로 검색해봤더니 다행히도, 천안까지는 목포행 호남선 좌석으로, 천안에서 구례구까지는 전라선 입석으로 환승하는 표가 남아 있었다. 천안에서 환승하려면 40여 분을 기다려야 하고, 더구나 구례구까지는 3시간 30여 분을 서서 가야 하지만, 미리 준비하지 못한 대가이기에 그 표조차도 감지덕지, 그마저도 매진될까 부랴부랴 서둘러 구매했다.

갈아입을 상하의 세 벌, 속옷 세 벌, 양말 네 켤레, 샌들 한 켤레, 장갑 두 벌, 우비 한 벌, 플리스재킷 한 벌, 고어재킷 한 벌, 1~2인용 쿡 세트 한 세트, 수저 한 세트, 화이트 가솔린 1리터 한 통, 스토브 한 개, 1리터 물통 한 개, 0.8리터 물통 두 개, 미니 초코바 열 개, 육포 한 봉지, 침낭 한 벌, 비비색 한 동, 매트리스 한 장, 반다나 두 장, 손수건 한 장, 수건 한 장, 모자 한 개, 버프 세 장, 선글라스, 나침반, 칼, 헤드램프 두 개, 카메라 한 대, 17-40mm 렌즈 한 개, 비상약품 한 세트, 소형 건전지 열두 개, 발목 보호대, 무릎 보호대, 스틱, 비닐봉투 크기별 10여 장 등.

배낭을 메어봤다. 배낭의 무게는 얼마 전 클럽 회원들과 함께했던 지리 종주 때의 무게보다 더 나가는 듯했다. 물통은 비었고, 식사거리는 하나도 담지 못했는데도 배낭의 무게는 견디기 힘들 만큼 무거웠다. 더구나 3일 동안 산행하면서 비에 젖어 갈아입을 옷들의 무게와 젖어서 더욱 무거워질 비비색을 생각하니, 출발 전부터 다리가 후들거리는 것 같았다. 만약에 침낭이 비에 젖기라도 한다면, 무거워진 침낭을 그저 메고만 다닐지도 모른다는 기우까지 머리를 아프게 한다. 하지만, 아무리 머리를 굴려 이런저런 핑계를 찾아봐도, 가고 싶은 마음이 더 크니 어쩌겠는가! 그 고생, 또다시 사서 할 수밖에!

7월 31일 21시.

택시를 탔다. 내 옆에 놓인 배낭을 힐끔 돌아본 기사님이, 그렇게 큰 건 트럭에 실어야지 택시에 실으면 안 된다고 농담을 건네며, 처음엔 정수기를 메고 있는 줄 알았다며 웃는다.

동작대교를 건너는 차창 밖으로 반포대교와 잠수교의 불빛이 검게 흐르는 한강 위로 춤추듯 일렁인다. 화려한 도시의 밤을 품은 강은 어둠 속에서 도도하게 흐르고, 양안을 오가는 차들의 빛 또한 강이 되어 흐른다. 문득, 모든 것이 낯설게 느껴진다. 그렇다. 누구라도 길 위에서는 이방인일 수밖에 없다. 길 위에 서는 그 순간부터, 모든 것은 한순간 스쳐가는 것일 뿐, 멈출 수도, 다시 돌아갈 수도 없는 것이다. 지나간 날들은 그저 지나간 것들일 뿐이다.

지나온 길 위의 아득한 기억들로 먹먹해진 가슴. 그러나 가슴은 다시 길을 찾는다.

7월 31일 22시 5분.

목포행 호남선 무궁화호 탑승. 천안까지라도 좀 자려 했지만, 옆 좌석 승객이 데리고 탄 강아지가 쉼 없이 끙끙거려 신경만 곤두섰다. 분명, 애완동물을 안고 탈 수 없다는 것을 알고 있었을 텐데, 타인에 대한 배려는커녕, 자기 좋을 대로만 하는 사람들을 보면 마음 같아선 콱! 쥐어박아 주고 싶다. 더구나 기차를 타본 지도 정말 백만 년 만이라, 객차의 불을 왜 꺼주지 않느냐고 기차인 것도 잊고 한참을 투덜거린 내 멍청함까지 더해져 이래저래 피곤하기만 했다.

7월 31일 23시 10분.

천안 도착.

7월 31일 23시 56분.

여수행 전라선 무궁화호 환승. 40여 분을 기다려 탄 기차 안에는 통로까지 사람들로 가득했다. 쪼그려 앉을자리는 고사하고, 배낭 놓을 자리 하나도 마땅치 않아 거우 승강계단 옆에 기대어 3시간을 넘게 서 있었으니, 미리 준비하지 않고 게으름 피운 대가를 아주 톡톡히 치른다.

남원. 통로를 메웠던 몇몇 일행이 남원에서 내린다. 이제 30여 분이면 구례구. 잠시라도 편하게 서 있을 수 있어서 좋다. 불편했던 것은 나뿐만이 아닌 듯, 몇 남지 않은 사람들의 표정도 한결 편해 보인다.

"아, 이제 좀 살겠네."

기지개를 켜며 혼잣말을 하는데, 옆의 한 소녀와 눈이 마주쳐 웃으며 서로 인사를 건넸다. 고등학교 2~3학년쯤 되어 보이는 그 소녀에게 집에 가는 것이냐 묻자, 혼자서 여행 중이고 목적지는 여수라면서 수줍게 웃는다. 여수, 여수는 여러 차례 다녀 조금은 알고 있는, 내게는 늘 좋은 기억으로 떠오르는 곳이다. 먹을거리, 볼거리, 이것저것 아는 척을 하며 내 짧은 정보를 전해주다 보니, 어느새 구례구다.

8월 1일 3시 40분.

구례구 도착. 행복한 여행과 안전한 산행을 빈다는 기분 좋은 인사를 나누고, 나는 기차에서 내려 구례로 가는 버스를 타기 위해 정류장으로 향했다. 이른 시간인데도 역 앞엔 택시기사들의 호객으로 왁자하다.

기차에서 내려 바로 산행을 시작하려면 성삼재나 화엄사로 가는 택시를 타야 하는데, 그 비용이 만만치 않다. 그래서 일행이 많지 않다면 합승을 하는 것이 그나마 택시비를 조금이라도 줄이는 방법. 하지만, 만약 시간의 여유가 있다면, 버스를 타고 구례시외버스터미널까지 가서, 다시 버스를 이용해 화엄사나 성삼재로 가는 것이 택시를 이용하는 것에 비해 훨씬 저렴하다.

8월 1일 3시 50분.

구례구역에서 구례행 버스 탑승. 버스는 배낭과 사람들을 아무렇게나 마구 삼킨다. 버스는 한 대고, 사람은 많으니 울며 겨자 먹기다. 버스비는 타면서 1천 원.

구례 시외버스터미널에 도착했다. 버스 시간표를 보니, 역에서 타고 온 버스가 4시 10분에 출발해 화엄사를 거쳐 성삼재로 간단다.

허기가 졌다. 일찍 먹은 저녁에, 많은 시간을 기차에 시달려서인지 배가 많이 고파, 버스 출발까지 조금 남는 시간에 터미널에서 김밥을 샀다. 아침으로 먹을 것인지, 점심으로 먹을 것인지 묻던 김밥을 팔던 아저씨와 아주머니. 김밥은 두 종류였다. 야채를 넣은 김밥은 더운 날씨에 상할 염려가 있어 아침에 먹어야 하고, 야채(부추)를 넣지 않은 김밥은, 그래도 점심까지는 괜찮으니 꼭 구분해서 가져가야 한다는 것이었다. 그렇게 두 가지 김밥을 하나씩 사서, 아침용은 그 자리에서 바로 먹고, 점심용은 슈퍼에서 산 라면 2봉지와 함께 배낭에 넣었다. 하지만, 가시지 않는 배고픔은 터미널에서 유일하게 문을 연 식당으로 가자고 나를 조르지만, 이미 버스가 출발할 시간. 버스를 타지 않으면 6시 30분까지 기다려야 한다. 먹느냐, 참느냐! 어찌할까 고민하다 김밥 아주머니께 지금 화엄사 밑의 식당들이 문을 열었을지 물으니, 아주 당연하다는 듯이 그렇다는 대답. 그래서 아침은 화엄사에서 하기로 하고 버스에 오른다.

구례시외버스터미널 출발.

화엄사 집단지구에서 버스를 내린다. 버스비는 이번에는 내리면서 1천 5백원. 버스에서 내리려는 내게 옆에 선 사람이 화대종주를 하느냐고 묻고는, 자신도 언젠가는 꼭 할 거라면서 입맛을 다시며 부러워한다. 꼭 그럴 수 있을 거라고 웃어주고 버스에서 내리는데, 그 많은 사람 중에 내리는 사람은 나까지 달랑 두 명뿐이다. 버스에 탄 사람들 모두가 우리 둘을 쳐다본다. 왠지 따끔거리는 뒤통수!

속았다.

식당들이 문을 열었을 거라는 아주머니의 말씀과는 달리 수많은 식당 중, 문을 연 곳은 단 한 곳도 없고, 그저 조용한 어둠뿐이다. 함께 내린 사람은 뒤도 돌아보지 않고 화엄사로 올라간 지 오래, 사람의 기척이라고는 승객이 많아 한 대 더 운행한 다른 버스에서 내린 3명이 주차장 한쪽에서 스토브에 라면을 끓이는 소리가 전부다.

'이럴 줄 알았으면 구례 터미널에서 먹고 올 걸.' 하는 후회는 이미 부질없는 짓. 새벽부터 후덥지근한 날씨에 팔다리를 모기에 물리면서 주린 배를 달래가며 앉아 있으려니, 이 시간에 정말 뭐하는 건가 싶다.

8월 1일 4시 59분.

화엄사 집단지구. 벌써 5시. 혹시나 문을 연 곳이 없을까 한참을 다시 돌아봤지만, 역시나 문을 연 곳은 여전히 한 곳도 없었다.

8월 1일 5시 12분.

화엄사 집단지구. 모기는 졸음보다 강했다. 드디어 몰려온 졸음이 앉아 있던 길가의 평상에 나를 눕혔지만, 모기들은 채 1분도 내가 눕는 것을 허락하지 않았다. 고픈 배에 졸음까지, 시간은 어찌 그렇게도 더디게만 가던지.

아래쪽에서 발자국 소리가 들렸다. 그리고 무언가를 닫는 소리. 사람의 모습은 보이지 않았지만, 혹시나 어느 식당이 문을 여는가 싶어 소리 나는 곳으로 달려갔는데, 아쉽게도 아저씨 한 분이 길가에 주차한 차에 오르는 소리였다. 하지만, 자세히 보니 등산객은 아니고 근처 주민인 듯 해, 얼른 쫓아가 식당들이 언제 문을 여는지 물었다.

이 아저씨, 차에서 내려 주의를 한 바퀴 둘러보고 시계를 본다. 그러고는 잠시 생각하더니, 나보고 따라오란다. 미안한 마음에 쭈뼛쭈뼛 따라가는 나. 그런데 따라간 곳은 지금까지 앉아 있던 평상 뒤의 음식점. 실망이다. 유리문으로 들여다보이는 음식점 내부는 형광등 하나 켜져 있지 않고 깜깜한 것이, 한눈에도 영업하지 않는 것이 분명한데, 이 양반, 갑자기 유리문을 마구 두드린다. 황

당하다. 이렇게 하려면 나도 벌써 했다. 영업도 하지 않는 시간에 겨우 밥 한 그 릇 팔라고 자는 사람을 깨우는 것은 말이 되지 않는다. 솔직히, 돈 되는 수십 명의 단체 손님이라도 이럴 수는 없는 것이다. 그런데 이 아저씨 내 마음을 읽었는지, 이 음식점은 이미 열었어야 할 시간이 지났다며, 두드리면 바로 열어줄 거라고 씩 웃고는, 더욱 세게 두드린다. 그러자 정말로 형광등이 켜지고 환해지는 실내, 고마워해야 하는지, 아니면 미안해해야 하는지.

불은 켜졌어도 사람은 보이지 않는데, 식사나 잘하라며 내 어깨를 툭 치고는 성큼성큼 멀어지는 아저씨.

'이럴 수가, 혼자 있으면 내가 두드린 것이 될 텐데!'

아니나 다를까 잠시 후 문을 열어주신 주인아저씨의 눈빛은 '그렇게 배가고 프디?'하고 묻는 듯했다. 졸지에, 배고파 이성을 잃고 음식점 문을 마구 두드린 철없는 등산객이 된 것이다. 어찌나 얼굴이 화끈거리던지. 하지만 배고픈 건 배고픈 거다. 안으로 들어가 배낭을 내려놓자 뒤이어 나오신 아주머니가 뭘 먹을지 물었다. 다 된다고는 했지만, 간단해 보이는 된장찌개를 부탁하고 테이블에 앉아 선풍기를 끌어다 켰다. 그러자 몸에 달라붙었던 끈끈함이 떨어지며 비로소 살 것 같았던 기분.

잠시 후 마주한 된장찌개. 배고파서 그랬는지 그 맛이 근래 밖에서 먹어본 것 중 최고였다. 어느새 맛있는 된장찌개 하나에 새벽 내내 치솟던 짜증이 말끔히 사라졌으니, 역시 맛있는 음식은 사람을 행복하게 만든다.

8월 1일 5시 40분.

화엄사를 향해 출발. 아침은 완전히 밝았고 다행히도 걱정했던 비는 내리지 않는다. 하지만, 후덥지근한 날씨에 무거워진 걸음은 길을 따라 흐르는 계곡의 물줄기를 벗 삼아 화엄사까지 길게 이어진 아스팔트를 걷는다.

화엄사 앞에서 오른쪽으로 작은 다리를 건너, 화엄사계곡 초입에 서 있는 이정표 앞에 섰다. 노고단 7km, 천왕봉 32.5km. 실질적인 산행이 시작되는 곳이다. 이정표 옆에서 기념촬영을 하던 사람들, 새벽에 밑에서 라면을 끓이던 3명에게 어디까지 가느냐고 물으니, 아직 정하지는 않았지만 3박 4일 동안 지리산에 있을 거란다. 그러면서 아저씨는 어디까지 가느냐고 내게 묻는다. 아저씨? 보아하니 비슷해 보이는데 아저씨라니! 살짝 기분이 상한 마음에 목소리가 퉁명스러워졌다.

2박 3일 일정인데, 오늘은 벽소령에서 비박할 계획이지만 벽소령에 사람이 많으면 세석까지 갈 거라고 말하자, 어린 녀석들 얼굴이 이 시간에 출발해서 어떻게 세석까지 갈 수 있겠냐고 말하는 듯하다. 녀석들의 말도 안 된다는 표정! 그런데 한 녀석이 한술 더 떠, "연하천도 부지런히 걸어야 가실 텐데……."라며 말끝을 흐린다. 하지만, 굳이 대꾸할 필요를 못 느껴 그냥 한 번 웃어주고, 노고단을 향해 걸음을 옮기며 시계를 본다. 8월 1일 6시 25분이다.

들리는 것이라곤 계곡을 흐르는 물소리가 전부였다. 간혹 간간히 부는 바람이 어른 키만큼이나 자란 산죽을 희롱하는 소리와 이름 모를 산새의 지저귐이 들렸을 뿐, 세상의 소음은 거짓말처럼 사라졌다.

회색빛 하늘. 한 줌의 햇볕도 들지 않는 숲. 하늘을 가릴 듯 솟은 나무들 밑에 묻어 있던 으슥한 어둠이 서둘지 말라며 나를 가만히 붙잡는다.

8월 1일 09시.

노고단 대피소. 구름이 흐른다. 언제 흐렸냐는 듯, 태양은 파란 하늘 안에서 뜨겁게 내리쬐고, 바람은 새하얀 구름을 노고단 너머로 이끈다.

코재를 거의 올랐을 때, 나무들 사이로 보이던 파란 하늘. 무넹기를 넘어 성삼재에서 노고단으로 이어지는 임도에 올라섰을 땐, 태양은 한여름의 그 뜨거움을 내뿜고 있었다. 새벽의 어둠이 가득했던 길만을 보아왔던 내게, 새하얀 햇살이 눈부시게 빛나던 그 길은 무척이나 낯설어, 한동안 방향을 분간하지 못해 적잖이 당황스러웠다.

노고단 대피소. 맑은 하늘과 바람을 안고, 한참을 앉아 즐긴 해바라기. 하지만, 갑자기 몰려온 안개와 어두운 구름. 하늘엔 금방이라도 비가 내릴 듯, 어느새 짙은 회색 구름이 쌓이고 있었다.

노고단고개. 바람이 강하다. 사방에 가득한 원추리 꽃이 바람을 타고 노란 물결로 일렁인다. 주위는 이질풀, 동자꽃, 풀솜대, 원추리, 모싯대 등 온갖 들꽃으로 형형색색 화려하다. 하늘을 덮고 있는 회색 구름과 바람을 타고 노고단을 오르는 안개는 노고단을, 반야봉을, 저 너머 굽이치는 지리산의 장쾌한 능선을 품 안에 품고 내보이질 않는다. 하지만, 눈에 보이지 않을 뿐, 지금 저 안개 속엔 고요히 앉아 나를 기다리고 있는 지리의 능선이 있다.

나는 오늘 다시 지리의 품에 안길 것이다. 산이 내게 들려줄 또 다른 지혜를 듣기 위해, 저 능선 어디에선가 기다리고 있을 나의 영혼을 만나기 위해.

　노고단고개를 내려선다. 길도, 나무도, 바위도 모두 젖었고 살갗에 닿는 바람도 끈적인다. 젖은 손으로 나를 붙잡는 산죽과 안개를 뚫고 돼지령을 지난 길은, 점점이 뿌려진 동자꽃을 따라 임걸령으로 향한다.

　임걸령. 물통의 물을 모두 쏟아 버리고 임걸령 샘에서 물을 채웠다. 지리산 최고의 물 임걸령 샘. 한 바가지 가득 떠 마시자 소름이 돋을 정도의 시원함이 몰려온다. 땀에 젖은 몸의 끈적거림을 잠시나마 잊게 할 만큼이나 상쾌했다.

　임걸령을 얼마 지나지 않아 노루목. 안개에 갇혀 있던 노루목을 다시 지나친 걸음은 이내 삼도봉에 올랐다. 삼도봉 역시 온통 안개의 바다. 망망대해의 섬처럼 안개 위에 홀로 떠 있던 삼도봉. 잠시 멈췄던 걸음은 안개의 바다를 헤엄쳐 화개재로 향한다.

　길고 긴 500여 개의 계단을 내려 화개재에 이르자, 하늘이 개이면서 구름 사이로 태양이 얼굴을 내밀었다. 하지만, 여전히 후덥지근하고 인색한 바람, 비 오듯 솟는 땀에 조금씩 무거워지는 다리, 게다가 어깨를 파고드는 배낭의 무게. 갈 길은 멀었는데 해가 지는 격이었다.

　옛날, 뱀사골에서 화개장터로 가기 위해 넘었던 고개, 화개재. 잠시 배낭을 내려놓고 쉴까 했지만, 다리가 더 무거워지기 전에 토끼봉을 넘기로 했다. 사람들은 토끼봉을 ‘코재’ 다음으로 힘들다고 하는데, 나는 코재보다, 토끼봉을 오르는 것이 더 힘들기만 하다.

　토끼봉에 올라선다. 땀은 비 오듯 하고 두 다리는 남의 다리 같았지만, 구름 밖으로 나온 뜨거운 햇볕 아래에서 기분은 말할 수 없을 만큼 가벼웠다. 기분은 당장 대원사까지 날아갈 것만 같았다.

　토끼봉을 지나 두 개의 봉우리를 더 넘어 도착한 명선봉. 이 명선봉을 넘어야 연하천 대피소를 만날 수 있다. 그런데 토끼봉을 넘으면 연하천 대피소가 가까이 있다는 생각에 마음을 놓곤 하는데, 사실 토끼봉부터 연하천 대피소까지는 만만한 구간이 아니다.

　토끼봉을 넘은 후 몇 곳의 너덜지대와 급사면, 그리고 몇 번의 긴 계단들을 오르내리며 세 개의 봉우리를 넘다 보면, 입에서 단내가 날만큼 힘들다. 토끼봉부터 연하천까지는 1시간 30분 이상 소요되는 힘든 구간이다. 더구나, 명선봉에 올랐다 해도, 멀쩡한 무릎마저 아프게 하는 기나긴 계단을 내려가야 하기에, 명선봉에서 연하천으로 내려서는 것이 그리 녹록하지만은 않다. 하지만, 연하천으로 내려서는 이 계단길은 무릎을 아프게만 하는 것은 아니다. 비록 계단이 놓여 있다고는 해도 이 길은 지리산에서 가장 멋진 숲길이라 해도 부족함이 없을 정도로, 계단 양쪽으로 우거진 숲의 울창한 아름다움은 지리산 그 어떤 곳과 비교해도 전혀 손색이 없고, 야생화 또한 지천으로 피어 있어, 아픈 무릎이라도 천천히 여유를 갖고 걷는다면, 계단이 아무리 길어도 지루함이라고는 전혀 느낄 수 없는 그런 길이다.

화개재부터 쉼 없이 걸어온 두 다리가, 나의 의지와는 상관없이 명선봉을 치고 올랐다. 갑자기 밀려온 배고픔에 두 다리는 쉴 생각이 없는 듯, 명선봉을 넘어선 걸음은 더욱 빨라져, 이내 나타난 계단조차 종종걸음으로 뛰어내리게 했는데, 아무리 고픈 배라도 군데군데 피어있던 모싯대의 고운 자태 때문에 걸음을 늦출 수밖에 없었다.

연하천 대피소. 지난번 연하천 대피소를 찾았을 때 공사가 한창이더니, 어느새 화장실은 새로 지어져 깔끔한 모습으로 변했고, 샘터에도 아담한 지붕이 생겼다. 그러나 여전히 작업은 끝나지 않고 계속되는 듯하니 다음에는 어떻게 변해 있을지 자못 기대가 된다.

하늘은 다시 푸르고 구름을 벗어난 태양은 뜨거운 햇볕을 쏟는다. 여느 때처럼 산객으로 넘치던 연하천. 성삼재에서 올라온 사람들이 모두 모인 듯, 아무리 둘러봐도 땡볕의 맨바닥을 제외하면 혼자 앉을 자리조차 마땅치 않았다. 하필이면, 밥 먹기 딱 좋은 날씨로 바뀐 순간에 정작, 밥 먹기엔 가장 안 좋은 자리만 남았으니 더 허기가 졌다.

식사를 마친 테이블 옆에서 한참을 서성여도 일어날 생각들을 안 한다. 이런 눈치 없는 사람들이 있나! 할 수 없이 취사장으로 들어서는데, 조금 어둡기는 했으나 바깥에 비해 한결 시원했고, 평소 풍기던 쾨쾨한 냄새조차 나지 않았다. 어둠 또한 조리개를 활짝 연 눈에는 전혀 문제될 것도 없었으니 오히려 전화위복, 차례를 기다리는 사람들 눈치를 볼 것 없이 여유 있게 혼자만의 만찬을 즐겼다.

반찬은 아무것도 없고, 구례에서 산 라면 2개가 전부. (점심용이라던 김밥도 더운 날씨에 그만 상해버렸다.) 라면 하나를 뜯어 쿡 세트에 스프와 함께 넣고, 물을 조금 많이 부어 스토브에 올려 끓기를 기다린다.

'아, 김치라도 한 조각 있으면 얼마나 좋을까!'

어디 김치 좀 얻을 수 없을까 두리번거리는데, 옆에서 학생으로 보이는 남녀가 식사 준비를 한다. 보아하니 연인 사이. 그런데, 스토브가 점화가 안 되는지, 아니면 처음 써보는 것인지 가스스토브와 한참을 씨름한다. 어찌 보고만 있을 수 있겠는가. 한 번 봐도 되겠냐고 해서 건네받아 불을 붙여 주니, 달랑 라면만 끓이고 있는 내게 고맙다며 갓김치 한 접시를 내민다. 내게는 큰 보답이라 오히려 내가 더 고마운 마음이다.

역시 라면엔 김치가 최고. 잘 익은 갓김치를 얹어 게 눈 감추듯 코펠을 비우는데, 옆의 두 친구는 라면을 앞에 놓고 서로 먼저 먹으라고 실랑이를 벌인다. 젓가락이 달랑 한 벌밖에 없어 티격태격 양보 중이다.

'그래, 좋을 때다. 부디 나중에라도 서로 먼저 먹겠다고 싸우지 마라!'

남자친구한테 나는 다 먹었으니 (일회용이 아닌) 내 것을 씻어 쓰라 권하니, 고맙다며 얼른 받는다.

배고픔에 라면 국물까지 몽땅 마셨다. 다시 든든해진 뱃속. 햇볕 좋을 때 벽소령에 도착하려 서둘러 식사한 자리를 정리하고 물티슈로 설거지를 하는데, 젓가락을 빌려 쓴 친구가 깨끗이 씻은 것을 건네며 잘 썼다고 한다. 커피 한 잔과 함께 내 앞에 놓았다. 마시지 않는 커피. 하지만, 성의가 고마워 얼른 마시고 컵을 닦아서 돌려주니, 어떻게 이렇게 깨끗이 닦느냐며 웃길래, 짬밥이 쌓이면 누구나 그렇게 된다고 얘기하고는 칭찬에 우쭐한 마음에 두 친구의 식기 닦는

산수국

것까지 도와주고 일어섰다. 여자친구가 어디까지 가시느냐고 물었다. 이렇게 계속 하늘이 맑으면 벽소령에서 자려고 한다는 내 대답에,

"저희도 벽소령 대피소를 예약했는데, 저녁식사도 같이 하세요." 한다. (둘이 2박 3일로 지리산 종주 중인데, 운 좋게도 벽소령과 장터목, 두 군데 모두 대피소를 예약했단다.)

벽소령에서 만나게 되면 그러자 약속하고, 비박할 자리를 찾아야 하는 나는, 먼저 연하천을 나섰다.

8월 1일 13시 40분.

연하천 대피소 출발. 벽소령에는 비박하는 사람들이 많을 거란 생각에 걸음이 급해진다. 벽소령은 비박할 장소가 적기 때문에, 조금이라도 늦으면 마땅한 장소를 구하기가 매우 힘들다. 더구나, 비가 올 경우 비를 피할 곳이라곤, 매점 앞 2~3평 정도의 공간밖에는 없어, 매점 앞에 자리를 잡지 못한다면 내리는 비를 고스란히 다 맞을 수밖에 없다. 거기에다 그 유명한 벽소령의 바람까지 분다면……. 생각만 해도 온몸이 서늘해지는데, 오늘과 내일 모두 비 예보가 있으니

312

아무래도 느긋하게 걷기는 틀렸다.

　연하천부터 벽소령까지는 제법 바위가 많은 봉우리. 그래서 형제봉을 비롯한 몇몇 봉의 전망이 좋은 편이다. 연하천에서 적당히 휴식을 취한다면 크게 어려운 구간도 아니고, 걷는 시간 역시 평균 1시간 30분 내외.

　형제봉에서 보이던 천왕봉. 천왕봉까지 막힘없이 시원하게 트인 전망에 가슴이 뻥 뚫렸다. 천왕봉이 이고 있던 구름 위, 그 하늘의 맑고 푸름에 좁은 회색빛 도시에 갇혀 있던 내 두 눈이 행복해 졌다. 능선에 앉은 벽소령 대피소. 천왕봉을 향해 달리는 지리산 주능선의 중심에 고즈넉이 앉은 벽소령 대피소의 모습은 마치, 한 장 사진 속의 풍경인 듯 세상 저 밖에 있는 듯했다.

8월 1일 14시 36분.

　벽소령 대피소. "어둑어둑한 숲 뒤의 봉우리 위에 만월이 떠오르면, 그 극한의 달빛이 부스러지는 찬란한 고요는 벽소령이 아니면 볼 수가 없다."

　시인 고은 님의 시구다.

　달밤이면 푸른 숲 위로 떠오르는 달빛이 너무도 희고 맑아서, 오히려 푸르게 보인다고 하여 '벽소령(碧宵嶺)'이라 이름 지었다고 한다.

　사람의 생각은 다 똑같아서 매점 앞은 이미 만원이었다. 넓지 않는 대피소에 많은 사람이 몰리니 자리가 부족한 것은 당연지사, 어지간한 자리엔 이미 배낭이 놓여 있었고, 대피소 앞마당에 놓인 테이블들에는 모두 배낭으로 가득했다. 세석으로 갈까 잠깐 생각도 해봤지만, 혹시라도 벽소령의 달을 볼까 하는 기대감에 눌러앉기로 하고, 배낭이 몇 개 없는 테이블 위에 취사도구를 꺼내 늘어놓은 후에 비박할 장소를 찾아본다.

　대피소 주변과 앞마당, 취사장 주위도 모두 둘러봤지만, 이미 누군가 맡아 놨거나, 눕기에는 곤란한 장소들뿐이었다. 취사장을 둘러보다 내친김에 샘터까지 내려가 물 한 통 떠 올라와 테이블에 앉는데, 취사장으로 내려가는 계단 초입, 오른쪽으로 이어진 목책 앞이 비워 있는 것이 눈에 들어왔다. 아무도 생각을 못했던 것인지, 아니면 다들 자리를 잡은 것인지, 목책 주변은 배낭 하나 기대어 있지 않았다.

몇 개의 크고 작은 돌을 치우고 매트리스를 깔고 누워봤다. 약간 경사가 있긴 했어도 위쪽으로 머리를 두고 누우니 잠자리로 손색이 없었다. 목책 앞은 넓어서 어디에 매트리스를 깔아도 상관없었지만, 분명 또 다른 산객들도 누울 테니, 중간을 피해 계단 초입 옆에 매트를 깔고 배낭을 옮겨 놓았다. 걱정보다 쉽게 해결된 잠자리였다.

거친 바람. 축축한 안개가 맴돌던 벽소령에, 하늘이 조금씩 내려앉았다. 매점의 대피소 직원에게 날씨를 묻자, 일기예보대로라면 이미 비가 내리고 있어야 할 시간이라며 하늘을 가리켰다. 대답처럼, 금방이라도 비를 내릴 것만 같았던 하늘.

어느새 목책 앞엔 배낭과 매트리스가 빼곡히 늘어서 있었다. 조금만 늦었어도 그 자리조차 없었겠다 생각하며 테이블에 앉아 흐뭇한 웃음을 짓는 내게, 앞에 앉은 산객이 세석까지 얼마나 걸리느냐 묻는 얼굴엔 불안한 그늘이 짙다. 일행은 모두 세석으로 간 지 오래인데 무릎이 너무 아파 도저히 걸을 수 없어 혼자 남아 어찌할까 걱정 중이란다. 이런, 아픈 사람을 혼자 남겨두고 가다니, 누군지는 몰라도 정말 너무했다.

종주 구간 중 제일 지루하고 힘들다는 벽소령에서 세석까지의 구간은, 평균 3시간 30분 전후의 시간이 소요된다. 시간은 벌써 4시. 만약 지금처럼 아픈 다리로 간다면, 세석 대피소에 도착하는 시간이 9시가 넘을 수도 있다고 하자 얼굴이 더욱 어두워진다. 아픈 무릎으로는 도저히 갈 수 없을 것만 같이 멀게만 느껴질 세석, 그 막막한 심정이 전해 오는 듯했다.

꼭 지금 가야 하냐고 물었다. 멀쩡한 날씨에 멀쩡한 사람도 힘겨운 구간인데, 곧 비가 쏟아질 것 같은 지금, 아픈 무릎으로 빗속에서 세석까지 가는 것은 무리이니 벽소령에서 쉬고, 다음 날 세석으로 가던지 아니면, 하산하는 것이 좋겠다고 권했다. 그러자 벽소령에서 하산할 수 있는 줄 몰랐다며, 두 시간이면 음정으로 내려갈 수 있다는 내 말에 조금은 밝아진 얼굴로 잠시 생각하더니, 말대로 벽소령에서 자고 아침에 음정으로 내려가겠단다.

가끔 욕심이 지나친 사람들을 본다. 자신감을 넘은 자만으로 욕심을 앞세워 무리한 산행을 하는 사람들을. 때로는 잘못된 판단으로 부린 욕심 때문에, 산에서 목숨까지 잃는 경우가 적지 않음을 모르지 않으리라. 하지만, 목숨까지 잃는 극단적인 상황이 아니더라도, 무리한 산행 뒤에는 꼭 크고 작은 부상이나 후유증이 따르게 마련. 짧게는 몇 주에서 몇 개월 동안 산행을 하지 못하거나, 결국엔 회복하지 못해 안타깝게도 다시는 산행을 할 수 없게 된 사람들을 보았다. 불행히도 평생 즐겨야 할 산행을 한순간의 잘못된 판단으로 영영 할 수 없게 된다면 얼마나 불행할 것인가. 그러니, 결코 해서는 안 될 것이 욕심만 앞세우는 산행일 것이다. 산을 대함에 있어 자만과 욕심은 제일 먼저 버려야 할 것이다.

얼굴에 그늘은 더 이상 보이지 않았다. 잘 생각했다는 내 말에, 고맙다며 웃는 환한 웃음이 도리어 고마웠다. 절뚝이며 대피소로 들어가던 그 친구의 뒷모습에, 남은 산행과 하산 모두 무사히 마칠 수 있기를 가슴으로 빌었다.

점심으로 먹은 라면 한 개로는 버틸 만큼 버텼다. 벽소령에서 함께 식사하자던 연하천에서 만났던 커플은 아무리 기다려도 보이지 않는다. 할 수 없이 먼저 식사준비를 하는데, 테이블을 같이 써도 되겠냐며 몇 명이 옆으로 다가선다. 그러라고 옆으로 조금 비켜주고 보니 어디서 본 듯한 얼굴이다.

'어디서 봤더라?'

얼굴은 낯이 익었지만 아무리 생각해도 아는 사람은 아닌 것 같아서 그냥 누군가와 닮아 그러려니 했는데, 어떻게 먼저 왔냐며 나를 반가워하는 것이다.

'아는 사람이었나? 그렇다면, 누구냐고 물을 수도 없고……'

난감함에 우물쭈물 하는데, 화엄사부터 몇 시간이나 걸렸냐고 재차 묻는다. 그제야 생각이 났다. 아침에 버스에서 내릴 때 화대종주 하냐고 물으며 부러워했던 사람이었다. 세상 좁다는 말을 다시 한 번 실감하면서, 버스에서 잠시 마주친 것이 전부였지만, 인연은 인연이라며 함께 식사하기로 했다. 네 명의 일행. 두 명은 광주, 다른 두 명은 서울에 살고 있는데, 매년 이렇게 만나서 함께 산행한단다. 잔뜩 긴장했던 것이 조금은 허탈했지만, 그래도 아는 사람이 아니어서 정말 다행이었다.

벽소령에서도 라면 한 개에, 매점에서 산 햇반 한 개를 뜯어 넣고 함께 끓였다. 간단하게 먹을 때의 내 방법이다. 물론, 꿀꿀이죽 같기는 하지만, 산에서 먹기에는 전혀 나무랄 데가 없는 맛이다. 그런데, 옆에서는 삼겹살을 굽고 있었다. 삼겹살이 구워지는 그 고소한 냄새란!

함께 먹자고 권하기에 처음에는 몇 점만 먹고 젓가락을 놓으려 했다. 그런데, 술까지 권한다. 그래서 한 잔만 마시고 다시 젓가락을 놓으려 했다. 사실, 많이 고마웠지만 염치가 있지, 주는 대로 덥석덥석 받기가 뭐해 두 잔째 술로 그만하겠다고 하자, 그러라면서 한 컵 가득 소주를 붓는다.

'이런, 이렇게 고마울 데가 있나.'

그래도 대놓고 좋아할 수는 없어서, 다 따르면 그쪽 분들은 뭘 마시냐고 짐짓 미안한 표정으로 물었는데, 이럴 수가! 자신들은 술을 못한단다. 그런데도 어찌하다 보니 술을 잔뜩 가져와 아직 배낭엔 열댓 병이 더 있단다. 열댓 병? 이해하기 힘들었지만, 할 수 없었다. 투철한 봉사정신으로 그 무거운 짐을 덜어줄 수밖에 없었다.

생면부지의 사람들이었지만 어찌 그리 할 얘기가 많았는지, 이런저런 수다를 떨다 보니 어느새 술병은 쌓이고 가까워진 가슴들. 산행의 즐거움은 낯선 이들과의 만남과 소통을 이야기하는 것이기도 하리라.

식사와 설거지를 끝낸 시간이 7시. 네 명의 일행은 피곤해서 먼저 눕겠다고 자리를 떴다. 여전히 보이지 않는 연하천에서 만났던 두 친구. 무슨 일은 없는지 걱정하고 있는데, 내가 만들어 놓은 잠자리 옆에서 몇 명이 모여 웅성거린다. 나이가 조금은 지긋해 보이는 어르신들. 무슨 문제가 있나 궁금해 다가간 내게 자리 주인이냐 물으시기에 고개를 끄덕였더니, 대뜸 옆에서 끼어 자게 해달라는 부탁이다. (이런, 벼룩의 간을 내어 드시지!)

친구와 선후배들끼리 부부 동반한 친목 산악회인 이분들. 대피소 예약을 한다고는 했으나, 일행이 너무 많아 예약을 하지 못한 분들은 비박할 생각이었는데, 그나마 비박할 곳도 부족해 몇 명은 아예 길에 눕게 생기셨단다. 그래도 어떻게든 자리를 만들려고 하다 보니, 내 자리가 조금 넓은 듯해 부탁을 하신 것

형제봉에서 본 벽소령. 그 너머 멀리 천왕봉이 보인다.

이었다. 어르신들이 부탁하는데 거절할 수도 없어, 매트리스를 돌려서 자리를 내어 드렸다.

어둠이 쌓인다. 대피소 앞마당을 밝히는 외등은 저 홀로 밝다. 아직은 내리지 않는 비. 거센 바람이 매서워 입은 재킷엔 바람에 실려 휘몰아치는 안개의 눈물이 흐른다. 뿌옇게 흩어진 안개 너머, 거친 숨소리의 바람이 내 가슴을 부른다. 어둠에 잠겨 있을 능선을 가자, 가슴은 자꾸만 내 등을 떠민다.

춥다. 비가 오지 않는다 해도 침낭만으로는 잠들 수 없을 만큼 추운데, 어느새 안개에 젖어 옷과 배낭이 축축해졌다. 이러다 체온이라도 떨어지면 큰일. 서둘러 펼친 비비색 안에 매트리스를 깔고 침낭을 편다. 이젠 비가 웬만큼 온다 해도 걱정이 없다.

배낭에서 갈아입을 옷을 꺼내 비비색 안의 침낭 속에 넣고, 배낭은 레인커버를 씌운 다음, 다시 한 번 우비로 감싸서 목책 아래, 비비색의 머리맡에 놓았다. 등산화는 이미 비닐봉투에 넣어져 배낭 안에 있었고, 신고 있던 것은 젖어도 상관없던 샌들. 샌들을 벗고 지퍼를 닫고 누운 비비 색 안에서 꼬물거리며 옷을 갈아입었다. 비록 씻지는 못했어도, 따뜻하고 부드러운 옷의 감촉은 나를 행복하게 했다.

비비색 안에 누워 하늘을 본다. 보이는 것이라곤 휘몰려 달리던 안개뿐. 달도, 별도, 아니 하늘조차 보이지 않으니 아쉬운 마음은 하늘에서 눈을 떼지 못한다.

'이대로 안개에 갇혀 잠들어야 하는 것일까?'

한순간! 난폭해진 바람에 실려 벽소령을 휘감아 흐르던 안개가 거짓말처럼 사라져 버렸다. 갑자기 멈춘 바람. 흩어진 안개 뒤로, 시작도 끝도, 그 깊이도 알 수 없는 칠흑의 하늘에 뿌려진 빛의 조각들이 내게 쏟아져 내린다.

숨을 쉴 수가 없었다. 한 조각 별빛에도 가슴은 터질 듯 고동쳤고, 내 눈에 고인 빛은 눈물로 흘렀다. 믿기지 않을 만큼 황홀했던 그 순간, 나는 사람이 그리웠다. 따뜻한 가슴을 가진 사람이 그리웠다. 그리고 나는 외로웠다. 그 외로움으로 그 밤 벽소령에서, 나는 이 세상 누구보다 행복할 수 있었다.

다시 달려온 바람을 타고 벽소령을 삼킨 안개에 세상은 다시 모습을 감췄고, 거칠게 울부짖던 바람은 그 밤, 더 이상 내게 하늘을 허락하지 않았다.

8월 1일 19시 24분.

하나의 달이어도 언제나 같은 달은 아니었다. 그 무수한 밤들을 지새우며 날 지켜보던 그 달들은 언제나 다른 모습이었다. 하지만, 그 달들은 또한 같은 달이었다. 서울의 하늘과 지리산, 그리고 통영의 바다 위의 달은 같지 않으면서도 같은 것들이었다. 장소만 달랐을 뿐 본질은 변함이 없는데, 늘 아팠던 마음으로 하나이되 하나가 아닌 가슴이었기에 내 가슴 속에서 하나일 수 없었던 것이다.

100개의 거울 속에는 100개의 내가 있듯이, 수많은 타인의 마음에 비치는 수많은 나의 얼굴들. 자신의 모습이라 믿었던 것들과는 다른 나의 낯선 모습들. 내가 아는 나와 타인의 눈에 비친 나, 과연 어떤 모습의 내가 진정한 나이며, 나는 과연 어떤 모습으로 살아야 하는 것일까? 하지만, 뭐라 해도, 어떠한 모습이라도 결국 그 모든 것은 나일 수밖에 없을 것이다. 싫건 좋건, 내가 책임져야만 할 내 모습임에 틀림없을 것이다.

꾸미지 않은 마음으로 만나지는 사람들이 있다. 거짓된 웃음을 보이지 않아도 되는 사람들, 산에서 만나는 낯선 사람들과 나누는 가슴엔 꾸밈없는 따뜻한 미소가 있다. 따뜻한 마음으로 내미는 손엔 언제나 마주 잡아주는 따뜻한 가슴이 있다.

산은 말한다. 마음을 열고 먼저 손 내밀라 한다. 비록 벌거벗은 마음이 창피할지라도, 보여진 마음으로 아픔을 받을지라도 거짓과 위선을 벗어버리고 가슴으로 사람에게 다가가라 이야기한다. 사람과 사람의 소통. 그 안에서 자신을 찾으라, 바람의 외침이 벽소령에 메아리친다.

그때 연하천에서 만났던 두 친구의 모습이 보였다. 많이 늦어서 걱정했다 하니, 쉬엄쉬엄 구경하느라 그랬다며 약속을 지키지 못한 것을 미안해했다. 그러면서 못 지킨 약속 대신 아침 식사는 자기들이 준비한다기에 괜찮다고 여러 번 사양했지만, 여자친구가 너무 완강해 아침에 취사장에서 만나기로 약속을 하고 말았다. 그러자 그제야 저녁을 먹어야 한다며 취사장으로 내려가는 그들이었다. 시간은 8월 1일 19시 36분을 가리키고 있었다.

8월 2일 새벽.
벽소령. 목 놓아 우는 바람 속에서 가슴은 쉽게 잠들지 못한다.

혼자이면서 혼자가 아니었던 지리산 화대종주, 그 3일의 기억 - 둘째 날

갈증이 심했다. 지퍼를 열고 바람 속에 앉아 더듬어 찾은 시계는 3시 12분. 물통을 반이나 비웠어도 가라앉지 않던 갈증, 그리고 여전히 나를 가둔 안개. 노랗게 불 밝힌 외등이 홀로 지켜 선 어둠 속엔 영원히 계속될 외로움이 있었다.

8월 2일 7시 9분.

벽소령 대피소. 몇 번을 자다 깼는지, 일어나 앉은 것도 꿈이려니 했다. 그렇게 멍하니 앉아 있던 나. 누군가 내 어깨를 가만히 잡는다. 전날 연하천에서 만났던 친구였다. 잘 잔 얼굴. 하긴, 대피소 침상을 어찌 길바닥하고 비교할 수 있겠는가.

약속을 지키지 못한 것이 미안해 아침은 자기가 한다고 하더니, 일찍 준비한 모양이었다. 비비색을 대충 접어놓고, 물병을 채우고 세수도 할 겸 샘터로 향했다.

낮게 떠 있던 안개. 맨다리를 휘감던 이슬에 젖은 풀잎들은 어찌나 차갑던지, 따로 잠을 쫓으려 세수할 필요도 없을 만큼 번쩍 든 정신에 이미 졸음은 저만치 달아나 버렸고, 몸엔 찌릿찌릿 소름마저 돋았다.

물병을 채우고 취사장에 들어서자 사람들 사이로 두 친구가 손을 흔든다. 북적이는 사람들을 뚫고 다가간 둘 앞에는 벌써, 커다란 코펠 두 개에 찌개와 밥이 한가득이었다. 피곤했을 텐데 일찍도 일어나 준비했다고 하자 자신들이 한 것이 아니라, 밥을 지으려고 할 때 옆에서 먼저 식사를 끝낸 분들이 밥과 찌개를 많이 했다고 코펠째 주고 갔다며 웃는다. 코펠은 세석에서 돌려주기로 약속했단다.

셋이 먹고도 남았던 정말 푸짐했던 아침. 얼굴도 모르는 고마운 분들 덕분에 아침을 든든하게 채웠다.

매트리스와 침낭을 말아 배낭에 먼저 넣고, 안개에 젖어 축축한 비비색도 그저 물기만 턴 채 주머니에 넣어, 젖은 옷과 샌들을 담은 비닐봉투와 함께 그 위에 얹었다. 겨우 라면 두 봉지가 줄었을 뿐, 오히려 젖은 비비색과 옷으로 더 무거워진 배낭은 벽소령을 나서는 걸음을 무겁게 했다.

전날 저녁을 함께했던 네 명이 세석에서도 점심을 함께하자는 약속을 남기

고 출발한 지 한참이 지나서야 일어난 나에게, 아침을 같이 했던 두 친구는 좀
더 있겠다며 역시, 세석에서 만나잔다. 아, 이놈의 인기는 산에서도 식을 줄을
몰랐다.

8월 2일 8시 12분.

벽소령 대피소 출발. 바람은 조금 잦아들었지만 여전히 가득한 안개. 몇 걸음
걷지 않아 돌아본 대피소는 흔적도 없이 사라져버렸다. 문득, 안개에 삼켜져 희
미한 자국으로 남은 길 위에서 이대로 영원을 걷는 상상을 해본다.

안개는 이제 비처럼 흩뿌린다. 높아진 기온. 간간히 옅은 구름 사이로 내리쬐
는 태양 볕에 숲은 후덥지근한 한증막으로 달아올랐다. 뿌옇게 김이 서리는 안
경, 진창으로 질퍽거리는 길과 미끄러운 바위는 걷는 걸음을 더디게만 한다.

8월 2일 8시 48분.

선비샘. 덕평봉을 내려서 바로 만나는 선비샘. 벽소령에서 40분이면 닿을 수
있는 선비샘은, 어지간한 가뭄에도 마르지 않아, 벽소령 대피소에서 물통을 채
우지 못했어도 세석 대피소까지 물 걱정을 하지 않게 하는 곳이다.

한 바가지 들이킨 차가운 샘물이 후덥지근한 공기로 숨쉬기 힘들었던 가슴
을 틔웠다. 끈적이는 바람과 땀으로 범벅된 얼굴. 두 손 가득 샘물 받아 얼굴을
씻고, 두건과 장갑에 흥건했던 땀까지 모두 씻어버렸다.

뜨거워진 머리를 식히려 다시 받은 물 한 바가지를 머리에 붓고, 등산화 끈
을 풀고 앉아 쉬는 내 어깨 위에 열린 구름사이로 쏟아지던 햇볕이 어느덧 따
가웠다.

8월 2일 9시 5분.

선비샘 출발. 벽소령부터 세석까지는 지리산 주능선 중에서도 제일 힘들고
지루한 구간으로 통한다. 특히, 성삼재에서 중산리까지의 당일 종주 때는, 벽소
령 즈음해서 무거워지기 시작하는 걸음으로 능선에 놓여 있는 몇 개의 봉우리

를 오르내린다는 것이 무척이나 힘겨울 수밖에 없다. 더구나 영신봉 아래 놓인 계단은 세석에 닿기 위한 마지막 통과의례처럼 걷는 이의 숨을 턱까지 차오르게 하니, 걷는다기보다는 그저 두 다리를 힘겹게 옮겨 놓는다고 하는 것이 맞는 표현이리라. 그렇게 높이 솟은 계단을 넘어 힘겹게 영신봉에 오르면 다 왔다는 안도감에 코끝이 찡해지는데, 저 멀리서 세석 대피소라도 보이면 그때는 진짜 눈물마저 찔끔거릴 정도로 반갑기만 하다.

어두워진 하늘. 칠선봉에 오르자 잠시 개는가 싶던 하늘엔 어느새 구름이 가득했고, 후덥지근한 비 비린내가 풍겨왔다. 살갗에 닿던 끈적이는 바람, 그래도 땀에 젖은 몸을 말리려고 바람을 마주하고 앉아 온몸으로 바람에 안겼다.

5분이나 앉았을까. 옷 말리려다 얼어 죽을 뻔했다면 믿어줄지 모르겠지만, 안개에 젖은 바람이 어찌나 차던지 견디지 못하고 쫓겨 일어나 서둘러 걸음을 옮겼다.

벽소령에서 하루를 쉬었어도 힘들기는 마찬가진가 보다. 다시 오르락내리락, 두 다리가 휘청거릴 때쯤 어느덧 앞을 막아서며 하늘로 솟는 계단, 드디어 영신봉이 코앞이다. 이제 영신봉만 넘으면 세석 평전, 그리고 대피소. 그러나 다 왔다는 안도감만큼 당장 눈앞의 계단에 한숨도 크다.

한 발, 또 한발, 내 다리가 아닌 남의 다리였으면 좋겠다고 구시렁거리는데 힘내라는 목소리가 위에서 들려왔다. 계단 중간의 쉼터, 벽소령에서 먼저 떠난 전날 저녁을 함께한 네 명 일행이 손을 흔들고 있었다. 쉬어가자 하던 일행. 하지만, 멈출 엄두가 나지 않아 거친 숨으로 세석에서 보자는 말만 겨우 남기고 힘겹게 계단을 오른다.

영신봉에 올라섰다. 능선에 가득한 안개에 가려 대피소는 보이지 않았지만, 반가운 마음은 휘청거리는 두 다리를 가볍게 했다.

8월 2일 10시 37분.

세석 대피소. 벽소령을 떠나온 다리가 걸음을 멈춘다. 뜨거운 발바닥과 당기는 종아리, 지리의 능선이 저릿한 기억으로 두 발을 울린다.

세석 평전 세석 대피소.

　비가 온다는 예보 때문이었는지 생각보다 많지 않던 사람들. 하지만, 그래도 점심을 준비하는 사람들로 테이블 주위에는 사람들로 북적거렸다. 잠시 두리번거리다 두 명이 앉아 있는 테이블에 벽소령에서처럼 스토브와 쿡 세트로 한쪽을 점령하고 끼어 앉았다. 약간은 속보이는 짓이었지만, 불편해도 서로가 조금씩 양보하는 것이라고 애써 스스로를 위로하고 두 발을 쉬는데, 영신봉 아래에서 쉬던 네 명 일행이 대피소에 들어서는 것이 보여 손짓해 부르자 먼저 테이블에 앉았던 두 명이 배낭을 메고 일어선다. 나 때문인 것 같아 미안한 마음에 식사는 안 하고 출발하느냐고 물으니, 일정상 점심은 장터목에서 먹어야 한다며 즐거운 점심이 되라고 따뜻한 미소를 짓는다.

　점심을 먹기에는 좀 이른 시간. 네 명은 계곡으로 목욕하러 내려갔고, 목욕을 같이 하기엔 거시기했던 나는 샘터 아래에서 얼굴과 발을 씻고, 머리를 감는 것으로 땀과 더위를 닦아냈다.

세석 대피소. 네 명 일행은 먹을 것을 이것저것 정말 많이도 준비했다. 벽소령에서는 삼겹살을 그렇게나 많이 굽더니, 세석에서는 훈제오리고기를 잔뜩 꺼낸다. 훈제된 것이라서 프라이팬에 데우기만 해도 되는데, 그 맛 또한 결코 나쁘지 않다. 안주가 있으니 한잔 해야 한다면서 밥은 안치지도 않고 소주부터 꺼낸다. 아니, 술도 못한다면서 도대체 몇 병이나 가져왔냐고 물으니, 큰 병 세 병, 2홉들이 다섯 병, 작은 것 다섯 병이란다.

그 소주를 모두 내가 마시지 않을까 겁이 났지만, 어느새 나도 일행인양 거리낌 없이 함께 어울려 술잔을 나누는데, 아침을 함께했던 두 명이 두리번거리며 세석에 들어섰다. 함께 있던 일행한테 양해를 구하고 손짓해 불러 함께 식사하자고 하니, 벽소령에서 코펠을 주고 간 분들께 코펠을 돌려 줘야 하는데, 다 찾아봤지만 아무리 찾아도 보이지 않는다며 걱정하는 얼굴이었다. 그래서 혹시 취사장에 가봤냐니까 아무 대답도 없는 것이 취사장이 어딘지 모르는 눈치라, 취사장을 알려주니 뛰어갔다 와서는 돌려줬다며 웃는다.

술과 고기, 그리고 라면과 밥. 식사를 마치고 다시 기분 좋은 배부름에 서늘한 세석의 바람마저 부드럽게 느껴졌는데, 혼자 다 마신 것은 아니었지만 테이블 위에 빈 채로 누워 있던 커다란 소주병의 모습에 왠지 어질어질, 하늘이 도는 듯했다.

점점 바람이 강해진다. 하늘은 더욱더 어두워지고, 비는 금방이라도 쏟아질 것만 같다. 너무 오래 쉰 걸까! 네 명은 이미 장터목 대피소로 향했는데, 뻣뻣한 다리는 쉽게 움직이질 않는다. 벽소령처럼 비를 피해 비박할 장소가 거의 없는 장터목이라 빨리 가서 자리를 잡아야 한다며 먼저 출발한 네 명에게, 내 자리도 잡아 달라는 염치없는 부탁을 하고 시간가는 줄 몰랐던 것이다.

세석 대피소 출발. 바람을 등지고 촛대봉으로 오르는 능선에 가득한 '산오이풀꽃'이 춤추듯 너울댄다. 잎이나 꽃에서 오이 향이 나서 오이풀꽃이라는데, 그

326

러고 보니 오이 하나 가지고 오질 않았다. 갑자기 시원한 오이의 아삭거리는 그 맛이 그립다.

걷는 내내 막힘없이 펼쳐지는 지리산의 모습에 눈이 즐겁고, 평균 2시간 내외의 비교적 운행이 쉬운 세석에서 장터목 가는 능선길. 그러나 바꿔 말하면 세석에서 장터목까지는 햇볕이 가리어지는 곳이 얼마되지 않는 구간이라 무더운 여름 특히, 햇볕이 강한 날에는 도리어 아주 고약스러운 구간이 될 수도 있는 곳이다. 하지만, 운무로 가득했던 그날엔 그 햇볕이 얼마나 간절하던지!

촛대봉에는 20여 명 정도 되는 산악회 일행이 사진을 찍느라 분주했다. 나 역시 잠시 숨을 돌리고 천왕봉을 찾아보았지만, 사방을 가린 안개에 아무것도 보이지 않아 삼신봉을 향해 촛대봉을 내려서는데, 그 일행들이 늦었다며 내 뒤로 따라붙었다.

성큼성큼. 평균 나이가 50대 중반은 돼 보이는 분들의 발걸음이 예사롭지 않다. 처음엔 잠시 따라오다 뒤처지겠지 했는데 웬걸, 내가 떠밀려 가는 형국이다. 점심에 마신 술이 올라오는지, 숨은 턱에 차고 다리마저 후들거려 한쪽으로 비켜서 양보할까 했지만, 돌아보니 일행의 끝이 보이지 않아 죽어라 내뺀다.

힘들어 죽겠다는 얘기가 이해가 갈 때쯤 오른 삼신봉. 그냥 주저앉아 버렸다. 더 이상 빠른 걸음에 밀려서는 못 가겠어서 길을 비켜 한쪽으로 피해 앉았는데, 바로 뒤를 쫓던 분이 도리어 왜 그렇게 빨리 가느냐며, 따라가느라 죽을 뻔했다고 툴툴거리며 내 옆에 와 앉는 것이었다.

'에구, 그게 아닌데, 도리어 제가 어르신한테 떠밀려 온 건데 무슨 말씀이세요?'

목구멍까지 올라온 그 말을 참고, 그저 힘들지 않은 척 웃기만 했다.

연하봉이 바로 코앞인데도 안개에 가려 아무것도 보이지 않는다. 오늘도 어제와 마찬가지로 주변 전경은 하나도 볼 수 없어서 아쉬움을 달랜 채 삼신봉에 앉아 있는데, 조금씩 빗방울이 비치기 시작한다. 드디어 기다리던 비가 내린다. 큰일이다. 비가 내리기 전에 장터목에 도착해야 한다. 아무리 자리를 잡아준다고는 해도 늦을 수는 없다. 빗속에서 비박을 준비한다면 아무리 비비색이 방수

가 된다 해도 펼치면서 전부 젖어버릴 것은 안 봐도 뻔한 노릇이다. 그러니 옷과 배낭, 등산화는 말할 필요도 없다.

서둘러 삼신봉을 내려 고사목이 멋들어지게 서 있는 연하봉을 넘는다. 다행히 비는 엷게 흩어질 뿐 더는 심해지지 않았고, 연하봉을 넘은 걸음은 이내 장터목 대피소에 닿았다. 약하게 흩날리던 이슬비. 하지만, 하늘은 더 이상 기다려 주지 않을 얼굴이었다.

8월 2일 15시 58분.

장터목 대피소. 백무동과 중산리 사람들의 장이 섰다는 장터목. 먼저 도착한 네 명이 대피소 옆 데크 위의 테이블 하나를 차지하고 앉아 나를 반긴다. 조금 늦었다 하자, 앉아 쉬라며 자리를 내어주는데, 모두가 메고 다니던 커다란 배낭들이 하나도 보이지 않는다. 배낭은 어디 있느냐 묻자 웃으며 대피소 벽을 가리키기에 손끝을 따라가 보니, 대피소 벽을 따라 데크 위에 한 줄로 배낭이 주욱 놓여 있는 것이 보인다.

비박할 곳이었다. 다행히 늦지 않아 몇 남지 않은 자리를 차지할 수 있었다는데, 어느 자리건 비는 고사하고, 장터목의 거센 바람도 전혀 피할 도리가 없어 보였다. 하지만, 그래도 맨땅이 아니라는데 위안을 삼고, 혹시나 하는 마음에 비를 피할 수 있는 자리가 있을까, 이곳저곳 둘러보았지만 화장실 옆의 처마 밑을 제외하고는, 그 어디에도 마땅한 곳은 없었다. 화장실 옆과 데크 위. 냄새를 참느냐, 비를 맞느냐 고민하는데, 대피소에 올라갔던 한 명이 급하게 나를 부른다. 매점에 갔다 오는데, 아직 매점 앞 통로엔 아무도 자리를 잡지 않았단다.

운이 좋았다. 서둘러 네 명과 함께 대피소 홀 입구의 매점 앞 통로 양편에 자리를 잡고 아예 매트리스를 펴고 앉았다. 됐다! 이제 이대로 버티면 된다. 저녁 9시까지!

장터목 대피소의 1층은 취사장이고 방들은 모두 2층으로 올라가야 한다. 지붕을 씌운 계단을 올라가면 대피소 출입구가 있고, 통로를 지나 안쪽으론 계단 쪽 출입구와 마주보는 또 하나의 출입구가 있는데, 그 안에는 대피소를 예약한 사람들이 잠을 자는 침상이 있는 방들이 있다.

출입구와 출입구 사이, 바닥 면적이 두 평이 채 안 되는 매점 앞 통로. 예약하지 않은 사람들은 잘 수가 없는 대피소 내실에 비해, 매점이 문을 닫은 9시 이후엔 매점 앞 통로에 자리를 깔고 누워도, 대피소를 드나들 수 있게 통행을 방해하지 않을 정도의 공간을 남겨 놓는다면 누구도 뭐라 하지 않는다.

매점의 물품판매대 밑에는 네 명은 충분히 누울 수 있는 공간이 있고, 가운데로 사람이 지나다닐 수 있게 통로를 남기면, 반대편 벽 밑으로는 한 명이 누울 수 있는 공간이 된다. 길이로 따지면 두 명도 누울 수 있으나, 출입구의 문들이 모두 매점 쪽으로 열려, 스머프 사이즈가 아니면 두 명이 눕기는 조금 곤란하다.

매점을 이용하는 사람도 많고, 대피소 입실 전까지는 누구나 대피소 홀에서 쉴 수 있기에 통로는 매우 복잡하다. 잠깐이라도 홀에 들어가서 눕고 싶지만, 그나마 있는 자리를 빼앗길까 봐 그저 배낭과 함께 벽에 기대 앉아 연신 하품만 해댄다.

장터목 대피소. 잠깐 앉은 채 졸았나보다. 언제부턴가 밖에는 비가 내리고 있었다. 빗줄기도 제법 굵게 떨어지는지, 창을 때리는 빗소리가 요란스럽다. 일어나 창밖을 본다. 대피소 주변으로 몇 개의 비비색과, 폴대를 이용하지 않은 텐트 아닌 텐트가 여럿 보인다. 막상 비가 내리는 것을 보니, 매점 앞이더라도 실내에 자리를 잡을 수 있었던 것이 얼마나 다행인지 모르겠다.

배가 고팠다. 대피소 방 배정을 시작하는 6시부터는, 통로가 매우 혼잡해 계속 앉아 있기가 힘들어, 그 시간을 이용해 저녁을 먹기로 하고 네 명과 함께 취사장으로 내려갔다. 그런데, 아직도 세석에서 내 뒤를 따라 출발했던 두 친구가 도착하지 않았다. 하지만, 그 둘은 벽소령과 세석에서도 조금 늦게 도착한 것일 뿐, 천천히 즐기면서 운행하는 스타일이라 큰 걱정은 하지 않기로 했다. 더구나 둘은 장터목 대피소도 예약을 하고 왔다니, 오히려 내가 부러워해야 할 판이었다.

네 명은 준비해 온 컵라면을 꺼냈고, 이번에도 난 매점에서 산 라면 한 봉지를 끓는 물에 막 넣으려는데, 연하천 친구들이 취사장 입구에 모습을 보였다. 역시 반가운 마음에 힘들었느냐고 묻자, 여자친구가 생각보다 많이 힘들어해서 예상보다 조금 더 늦어진 것이란다. 시간은 벌써 6시가 가까워 둘은 라면과 햇반, 스팸 두 캔을 꺼내 놓고, 방을 배정받고 내려오겠다며 서둘러 대피소로 올라간다.

물이 끓는다. 네 개의 컵라면에 물을 붓고, 두 친구가 내놓은 스팸을 일행 중한 명이 프라이팬에 구웠다. 코펠을 큰 것으로 바꾼 나는, 라면 두 봉지와 햇반을 넣고 다시 끓여 방을 배정받고 내려온 두 친구를 비롯한 모두와 함께 식사를했다. 그런데 이번에도 역시, 네 명 일행 중 한 명이 스팸에 한잔 하자며 또 소주를 꺼냈다. 이젠 먹고 자는 일만 남았기에 흔쾌히 그러자 하고 모두가 한 잔씩 주고받았고, 그 와중에 인기 폭발이었던 스팸!

2홉들이 한 병과 두 개의 작은 병을 비웠다. 그러면서 나보고 나머지도 마시라고 했지만, 내가 술꾼도 아니고, 이번엔 나도 강하게 고개를 저을 수밖에 없었다.

설거지까지 다 끝냈어도 7시가 되지 않았다. 예약한 사람들은 이미 방 배정을 끝냈을 시간이었지만, 여전히 매점 앞 통로는 사람들로 만원이었다. 이유는, 7시부터는 예약하지 않은 사람 중에서 아이를 동반한 여자, 다음으로 60세 이상인 사람, 50세 이상인 사람, 40세 이상인 사람 순으로 남는 침상을 배정해주기 때문이다. 그래서 침상이 모두 찰 때까지는 순서를 기다리는 사람들로 소란스러운 것이다. 하지만 다행이랄까, 그래도 오늘은 사람이 적은 편인데, 오후내내 예약하지 않은 사람들은 절대로 대피소에서 잘 수 없으니, 예약 않고 대피소에서 자려고 하는 사람들은 한 사람도 빠짐없이 모두 중산리나 백무동으로 하산하라고 대피소에서 쉼 없이 방송한 덕분이었다. 만약 그러지 않았다면 분명, 이보다 서너 배는 많았으리라.

8월 2일 19시 23분.
장터목 대피소. 통로는 여전히 북적인다. 비가 그쳐 다섯이서 교대로 자리를

예측할 수 없는 지리산의 하늘은 경이롭기만 하다.

지키기로 하고 밖으로 나왔다.

춥다. 장난이 아닌 바람. 잠시 바람을 쐬고 대피소로 올라가려는데, 몇 명이 다가와서 반갑다고 말을 건넨다.

벽소령에서 내가 잠자리를 양보했던 분들이었다. 식사 안 했으면 같이 하자 하셨지만, 이미 식사는 물론 술까지 한잔해서 배부르다 사양하니, 아직도 술이 있었냐며 입맛을 다시던 어르신들. 문득 남은 술이 생각나 술이 있으면 사실건 가 물었더니, 당연한 것을 왜 묻느냐며 어서 팔라고 반색을 하셨다.

8월 2일 20시 56분.

장터목 대피소.

밖엔 다시 빗줄기가 굵어졌다. 매점을 지키고 있던 대피소 직원이 이젠 자리 깔고 누워도 된다며 드디어 매점 창을 닫는다. 사람들의 왕래라고는 가끔 한두 명이 화장실에 가거나 담배를 피우러 드나들 뿐, 통로에는 이제 우리밖에 없다.

가운데를 비워두고 넷은 매점 판매대 밑에, 나는 창문 밑에 깐 매트리스 위의 침낭 속에서 그제야 다리를 뻗고 누웠다. 그러나 피곤한 몸에도 쉽게 잠이 오지 않아 다섯이서 이런저런 얘기를 나누는데, 우리 얘기가 안에까지 들렸던 모양 이다. 심심했거나 아니면 잠이 오지 않았던 몇 명이 안에서 나와 함께 얘기를 나눴다.

서로의 경험과 재미있는 여러 산행이야기. 그렇게 낯선 이들과 이런저런 이 야기로 시간가는 줄 몰랐는데, 목소리를 조금 낮춰 달라는 다시 안에서 나온 누군가의 부탁에 시계를 보니 어느덧 12시가 가까워진 시간. 다른 사람들의 잠 을 방해한 듯해 미안해진 우리는 이야기를 접고 모두 자신의 자리를 찾아 흩어 졌다.

창밖에는 여전히 거친 바람과 비. 멀리서 누군가 우는 듯한 소리가 나직이 들 려왔다. 산이 우는 것이었을까? 비 젖은 장터목의 밤이 바람 속에서 그렇게 울 고 있었다.

혼자이면서 혼자가 아니었던
지리산 화대종주,
그 3일의 기억 – 셋째 날

장터목 대피소. 아침부터 분주하다. 여전히 비는 내리고 안개마저 자욱한데, 새벽부터 일어나 부산 떠는 사람들 때문에 잠은 이미 오래전에 달아났다. 한숨이라도 더 눈 붙여보려고 억지로 잠을 청했지만 어느새 통로를 비워야할 시간, 일출을 볼 수 있는 날씨도 아닌데, 새벽부터 서두르던 사람들이 조금은 원망스러웠다. 할 수 없이 일어나 침낭과 매트리스를 정리하자, 옆에서 자던 네 명도 모두 일어난다.

아뿔싸! 눈 뜨자마자 뱃속에서는 아침을 달라고 요란스러운데, 준비할 아침이라고는 아무것도 없었다. 전날 아침거리를 미리 사 놓는다는 걸 깜박 했던 것이다. 매점이 열리려면 아직 몇 시간이나 더 남았는데 배고픔은 기다려 주지 않을 기세다.

구시렁구시렁 배낭을 꾸리며, 식사는 안 하고 출발하려 하냐고 묻는 네 명에겐 그저 웃어주기만 했다.

장터목 대피소. 다시 네 명한테 신세를 진다. 컵라면 네 개와 봉지라면 세 개. 전날 밤에 함께 얘기를 나누던 다른 일행 두 명까지 포함한 일곱 명이 아침 식사를 했다.

내 몫은 작은 컵라면 한 개. 하지만, 컵라면 하나로 어찌 위에 기별이나 보낼 수 있었으랴. 그렇지만 신세 지는 주제에 그마저도 감지덕지할 수밖에 없었는데, 그때 네 명 중 한 명이 김치를 얻어 오겠다며 코펠을 들고 취사장을 한 바퀴 도는 것이었다.

코펠에 담아 온 것은 김치뿐만이 아니었다. 이미 식사를 마친 사람들이 반찬은 물론, 밥까지 듬뿍 퍼줘 코펠엔 어느새 서넛이 먹고도 남을 만큼의 밥이 가득 담겨 있었다. 문득 어렸을 적 중고등학교 때, 도시락을 안 가져온 놈들을 위해 도시락 뚜껑에 한 술씩 도시락을 나누던 것이 생각났다.

민망했다. 그리고 재밌기도 했다. 그래도 배는 채우겠다는 생각에 몇 술 가득

떠 라면에 말아 식사를 마치고 나니, 남는 것은 고마운 마음뿐이었다. 하지만, 어쩐지 입만 가지고 산행을 한 것 같아 조금은 얼굴이 뜨거워지는 지금이다.

넷은 배낭을 장터목에 두고 먼저 천왕봉으로 떠났다. 날씨가 너무 안 좋아서 중산리 대신 서울에 가기 편한 백무동으로 하산하기로 한 네 명에겐, 다시 돌아와야 할 장터목이라 굳이 배낭을 가지고 가지 않은 것이다.

비는 많이 약해져 있었지만 쉽게 멈출 것 같지 않았다. 오히려 시간이 지날수록 많은 비가 내릴 것 같은 하늘에 등산화는 비닐봉투에 담아 배낭에 매달고, 발에는 샌들을 꺼내 신었다. 우비를 입을까도 잠시 고민해봤지만, 빗줄기가 굵어지면 입기로 하고 느슨해진 배낭 커버를 다시 조인 후, 장터목 대피소를 뒤로 하고 천왕봉으로 향한다.

제석봉
제석봉

장터목 대피소.

제석봉으로 향한 계단을 오르려는데 뒤에서 부르는 소리에 돌아보니, 전날 저녁에 술을 라면으로 바꿔 가신 분들이 다가오고 있었다. 아침이 조금 늦었다면서, 식사는 했느냐며 내가 하산할 방향을 물으시고는, 버스의 좌석이 많이 남으니 2시까지 중산리로 오면 서울까지 태워주겠다고 하신다.

고마운 마음. 하지만, 마음만 고맙게 받겠다 인사드리고 걸음을 옮겼다. 어쩌면 그 버스로 서울까지 쉽고 편하게 갈 수도 있겠지만, 대원사에서 중산리로 가는 시간과 비용은 차치하고라도 여유로운 걸음을 포기하고 싶지는 않았다. 더구나 종주 마지막 날인데 정해진 시간에 쫓겨 걷는다는 것은 추호도 생각할 수 없었다.

제석봉.

부슬부슬 내리는 비, 몰려다니는 안개와 바람에 조금씩 축축하게 젖어버린 몸. 하지만, 그래도 아직은 우비를 입을 정도는 아니었는데, 비 때문에 신은 샌들은 등산용이라는 말과 달리 길 위에서 자꾸만 미끄러져 걸음을 힘겹게 한다. 많이 내리는 비가 아니어서 등산화를 신는 것이 더 나을 수도 있었지만, 언제 빗줄기가 굵어질지 몰라 그저 조심하며 제석봉을 넘는다.

제석봉을 넘어 통천문. 정말 하늘로 통하는 문인 듯, 수 미터 앞도 분간하기 힘들 정도의 비와 안개에 가려진 통천문의 모습이 신비롭기까지 했다. 그래서였을까! 그 안개 속에서도 사진을 찍는 사람들로 통천문이 막혀 한 발자국도 나아가질 않았다. 통천문만 지나면 잠깐의 암릉을 지나 이내 닿게 되는 천왕봉. 바쁠 것도, 급할 것도 없었던 걸음은 사람들이 모두 지나길 기다려 안개 속의 통천문을 지나 하늘로 올랐다.

통천문을 지난 지 얼마 되지 않아 오르던 암릉 중간쯤에서 위에서 내려오던 서너 명의 사람들을 피해 한쪽으로 비켜서는데, 그중의 둘이 연하천에서 만난 커플이었다. 새벽부터 부지런을 떨었던 모양이다. 장터목에서 아침에 보이지 않아 인사도 못 하고 가나 했는데 다행이다. 이들도 처음엔 중산리로 하산하려 했으나 차편 때문에 장터목에서 백무동으로 하산하기로 마음을 바꿔 아침 식사는 천왕봉에 다녀와 하기로 하고 네 명 일행처럼 배낭은 장터목에 두고 몸만 왔단다.

순박한 웃음과 따뜻한 마음의 두 친구. 언젠가 지리산에서 다시 만날 수 있기를 바란다면서 내민 내 손을 잡은 둘은, 함께한 시간들이 즐거웠다는 내 말에 고마웠다고 웃음 짓는다. 산행을 마칠 때까지 부디 조심해서 운행하라는 말로 나눈 마지막 인사. 다시 장터목을 향해 손을 꼭 잡고 내려가는 둘의 예쁜 뒷모습이 이내 안개 속으로 희미해진다. 그래, 언제나 지금의 모습 그대로라면 언제까지고 행복할 수 있으리라.

08월 03일 07시 53분.

천왕봉. 서 있기조차 힘들 정도로 거칠게 불던 바람. 울부짖듯 포효하던 그 소리에 귀는 먹먹해졌고, 거친 바람 속에서도 천왕봉을 둘러싸고 있던 비와 안개에 나의 두 눈은 가려졌지만 그러나, 안개에 갇힌 그 바람 속의 천왕봉에 선 가슴은 언제나처럼 날아갈 듯 자유로웠다.

먼저 오른 네 명 일행이 그 안개 속에서도 열심히 사진을 찍고 있었다. 네 명 중 둘은 천왕봉이 처음이라 했는데, 코앞의 사람이 누군지 분간하기 어려울 정도의 안개 속에서도 그렇게 고대했던 천왕봉에 올랐다는 기쁨 때문이었는지 사진 찍기를 멈추지 않았다.

며칠 간의 수고와 고생은 이미 아련한 아쉬움으로 남았다. 비와 땀으로 흥건히 젖은 채 정상석 앞에서 카메라를 향해 나란히 선 그들의 얼굴엔 짙은 안개와 펄럭이는 우비로도 가려지지 않는 행복한 미소가 넘치고 있었다.

이제 헤어져야 할 시간. 말로 다 표현할 수 있다면 좋으련만, 그저 좋은 분들을 만나서 정말 즐겁고 행복한 산행이었노라 고마운 마음을 전하고 언제가 됐건 좋은 산에서 좋은 모습으로 만나지기를 기원하며 따뜻한 악수와 아쉬움, 행복한 미소를 뒤로 하고 천왕봉을 내려선다. 그들은 다시 장터목으로 나는 대원사로, 다시 혼자가 된 나는 능선에 선다.

천왕봉에서 5미터밖에 내려서지 않았는데 바람은 정상에서만 거칠었을 뿐 주변은 고요하기만 했고 여전히 부슬부슬 흩어지는 비에 안개만이 조용히 능선을 넘고 있었다. 더는 굵어질 것 같지 않은 비. 비가 오건 오지 않건 간에 샌들을 신고 걷기엔 더 이상은 무리인 듯해 잠시 앉아 전날부터 조금씩 아프던 오른쪽 발뒤꿈치에 테이핑을 한 후 샌들을 벗고 등산화로 바꿔 신는다.

8월 3일 8시 15분.

천왕봉 출발. 갈림길. 천왕봉을 내려서서 우측의 급사면은 중산리로 내려가는 길이고, 직진하면 중봉을 넘어 대원사로 향한다.

바람은 조금씩 잦아들었어도 방향을 잡기 힘들 정도로 여전히 자욱하던 안개. 걸음은 어느덧 중봉에 닿았지만 멈추지 않고 써리봉을 향해 계속 발을 옮긴다. 샌들을 벗고 등산화로 바꿔 신기를 잘했다. 중봉으로 이어진 우거진 수풀의 좁고 미끄러운 길은 샌들로는 도저히 지날 수 없었으리라.

천왕봉에서 대원사까지의 구간은 결코 짧은 거리가 아니다. 거기다 지리산의 다른 구간과는 다르게 암릉이 많은 구간인데다 가파른 계단길도 적지 않아 종주 마지막 날이라고 긴장을 풀면 간혹, 안전사고가 일어나기도 한다. 하지만, 중봉과 써리봉 구간의 오르막을 제외하면 사실상 대원사까지는 전체적으론 내리막이라 위험한 계단길과 암릉의 대부분이 몰려 있는 이 부근만 조심해서 지난다면, 좀 지루할지는 몰라도 크게 어렵거나 힘든 구간은 아니다.

날씨 때문일까. 이른 시간도 아니고 그렇다고 늦은 시간도 아닌데 중봉을 넘어서까지 누구 하나 보이지 않았다. 적막함. 지리산 그 능선에 혼자 남겨진 듯 홀로 걷는 걸음이 조금은 외로웠지만, 인적 없는 적막함을 좋아하는 나에겐 희미한 흔적으로 인해 잠시 헤매었던 낯선 길의 알바도 즐겁기만 했다.

써리봉을 얼마 남겨두지 않은 곳에서 멀리 앞서가는 누군가의 뒷모습을 보았다. 왠지 반가움이 일었다. 그런데 무엇이 그리 급한지 빠르게 걷는 걸음에 한참을 쫓아도 거리는 좀처럼 좁혀들지 않았다. 하지만, 부지런히 걸어 따라붙자 힐끗 돌아보고는 잠시 속도를 내는가 싶더니 이내 한 쪽으로 비켜서준다. 뒤에서 볼 때는 몰랐는데 지나치며 보니 나보다는 십년가량 위로 보이는 아저씨라 가볍게 목례하고 앞서 가려다 혼자 오셨냐고 슬쩍 말을 건네니, 아니란다. 친구들과 여럿이 왔지만 급한 일이 생겨 서둘러 먼저 하산하는 중이란다. 인사를 나눈 김에 잠시 멈춰 물 한 모금씩 나눠 마시고 이내 써리봉을 함께 오른다.

초등학생으로 보이는 남자아이 셋과 어른 두 명이 올라와 있던 써리봉. 어른들은 아이들의 아빠와 삼촌으로 일행은 아침에 유평리에서 올라와 천왕봉으로 향하는 중이었다.

남자아이들이라 그런지 잠시도 가만있지 않고 소란스럽던 꼬마들. 신나서 뛰어다니는 모습이 그저 귀여워 녀석들을 손짓해 불러 힘들지 않느냐고 물으니, 재미있다며 아저씨는 어디에서 왔고, 또 어디로 가느냐고 도리어 내게 이것저것 묻는 꼬마 산객들의 거침없는 질문들에 나 또한 즐거워져 한참을 웃고 떠드는데 한동안 가만히 지켜보던 아이들의 아빠가 웃으며 다가왔다. 아이들이 귀찮게 해서 미안하다며 건네준 한 조각의 시루떡은 정말 웬 떡이냐 할 정도로 맛있었다.

꼬마들은 천왕봉으로, 함께 써리봉에 올랐던 아저씨도 치밭목을 향해 써리봉을 떠난 지 한참이 흐른 시간. 써리봉을 올라서 힘든 구간은 모두 지났다고 생각하니, 산행이 끝난 것 같은 아쉬움에 써리봉에서 쉬이 일어날 수가 없었다. 하지만, 그래도 가야 할 길은 멀어 힘겹게 일어나 다시 선 능선 위엔 흩뿌리며 내리는 비가 엷은 장막을 드리웠다.

치밭목 대피소. 소박하고 아담한 모습의 치밭목 대피소가 벽소령이나 세석, 장터목과는 또 다른 편안함으로 나를 맞아준다.

배낭을 내려놓고 빈 물통 한 개 들고서 대피소 뒤쪽으로 샘을 향해 이어진 길을 따라 숲을 걸었다. 고요한 숲을 지나는 좁은 오솔길. 고즈넉이 가라앉은 안개에 젖은 숲의 서늘한 아름다움. 한없이 계속되어도 좋을 것만 같던 그 길의 끝에서 만난 작은 샘조차 상쾌한 차가움으로 나를 행복하게 했다.

그렇게 물 한 모금 마시고 물 받는 것도 잊은 채 샘터 옆 바위에 앉아 한참을 숲에 취해 있었던 나는 갑자기 쏟아지던 비에 서둘러 물통을 채우고 대피소를 향해 뛰었다. 만약 굵은 빗줄기가 아니었다면 얼마를 더 그렇게 앉아 있었을지 모를 일이었다.

8월 3일 10시 04분.

치밭목 대피소. 아침이 부실하진 않았다. 더구나 써리봉에서 얻어먹은 떡까지 생각한다면 벌써 배가 고플 리는 없었는데 그간의 사정은 아랑곳하지 않고 배고프다 조르던 배를 초코바 몇 개로 달래며 앉아 있자니 빗줄기는 다시 약해져 이슬비가 되어 가벼이 흩어진다.

써리봉에 함께 올랐던 아저씨가 그제야 치밭목 대피소에 나타났다. 치밭목에 닿기 전에 다시 추월해 앞서 왔는데 생각보다 늦게 도착한 것이다. 조금 늦으셨다고, 무슨 일이 있었던 것은 아닌지 걱정했다고 하자 괜찮다 웃으시며 치밭목에도 물이 있냐고 빈 물통을 들어 보이곤 두리번거린다.

이 양반, 샘에 다녀와서는 바로 배낭을 메고 치밭목을 떠났다. 무리하시는 것 같아 좀 쉬었다 가시라 했지만 걸음이 늦어 서둘러야 한다며, 자신이 한참 먼저 출발해도 계속 추월당하지 않느냐고 가볍게 눈을 흘기는데 그냥 웃을 수밖에 없었다.

8월 3일 10시 10분.

치밭목 대피소. 두 명의 남자가 힘들어 보이는 걸음으로 대피소로 내려섰다. 무척 지쳐 보이는 얼굴. 그런데 배낭도 내려놓지 않고 대피소 주위와 취사장을 둘러보더니 도대체 어디까지 간 거냐고 화를 내는 것이 누구를 찾는 듯했다.

혹시나 하는 예감에 망설이다가 두리번거리던 두 분과 눈이 마주쳐 이러이러한 분을 봤는데 그분을 찾느냐고 물으니 일행이 맞다며 어디 있느냐는 표정

으로 나를 쳐다본다. 하지만, 이미 출발한 지 5~6분 됐다는 내 말에 짜증난 목
소리로 뭐가 그리 바쁘다고 서두르는지 모르겠다며 혀를 끌끌 차고는 고맙다
인사를 하고 돌아선다.

아무 말 없이 혼자 도망치듯 간 녀석을 더는 잡으려 하지 말자며 갈 녀석은
그냥 가게 두고 배고픈데 밥이나 먹으면서 뒤의 일행을 기다리자고 취사장으
로 들어가며 나누는 두 분의 대화에서 산행이 혼자 하는 것이면서도 결코 혼자
서 하는 것만은 아님을 다시 한 번 깨닫는다. 무슨 이유에서건 일행이 함께하는
산행에서는 서로에 대한 양보와 배려가 우선되어야 할 것이다.

8월 3일 10시 43분.

치밭목 대피소. 대피소 앞마당에는 어느새 유평리에서 올라온 사람들로 시
끌벅적해졌다. 조용하고 아담한 치밭목 대피소에 한적하게 내리는 비의 풍경
이 좋아 한참을 앉아 있었는데 이젠 내려가야 할 모양이다. 나중에 치밭목에서
꼭 한 번 밤을 보내야겠다고 마음속으로 다짐하며 배낭을 추슬러 어깨에 멘다.

8월 3일 10시 47분.

치밭목 대피소 출발. 배낭을 메고 일어서는데 들려온 잰걸음 소리. 작은 체구
의 여자 한 명이 대피소 마당에 내려서더니 성큼성큼 나를 지나쳐 무제치기폭
포로 내려가는 계단으로 향한다. 계단 앞에 멈춰 대피소를 한 바퀴 휘둘러보는
20대 초반쯤 되어 보이는 앳된 얼굴. 크게 숨 한 번 쉬더니 이내 빠른 걸음으로
계단을 타고 내려가기 시작한다.

무척이나 가벼워 보이던 뒷모습. 뒤를 따라 바로 출발해도 빠른 걸음은 부담
을 느끼지 않을 듯했지만, 그래도 모습이 보이지 않을 때까지 기다려 천천히 유
평리를 향해 치밭목을 나섰다.

얼마를 걸었을까. 치밭목에서 먼저 앞서 내려간 여자아이의 모습이 멀리 보
인다. 천천히 걷는다고 걸었는데도 혼자 걷는 걸음의 속도는 대중없이 늘 제멋
대로다. 마음 같아선 멀찍이 떨어져 걷고 싶지만 일부러 천천히 걷는 것도 쉽지

않아 그저 두 다리가 이끄는 대로 따르기로 한다.

그렇게 걷기를 다시 얼마간, 내 기척을 느꼈는지 슬쩍 돌아보더니 갑자기 빨라지는 걸음이다. 따라올 테면 따라와 보라는 것일까? 아니면 다른 이유라도?

어떤 기분일지 조금은 이해가 갔지만 얼마 지나지 않아 두세 걸음 차이로 좁혀진 거리에 앞으로 추월해 나갈까 하다가 비켜주겠거니 걸음을 늦춰 따라 걷는데 마치 나에게 쫓기기라도 하는 양 죽어라 걷는 모습에 어쩐지 미안해져 차라리 추월하려 했다. 하지만, 좁은 길 때문에 그 마저도 못한 채, 이러지도 저러지도 못하고 참으로 난감해 하는데 갑자기 한쪽으로 비켜서며 등을 돌려 외면하는 것이다.

정말 어찌나 미안하던지!

그렇게 치밭목에서 앉아 있던 동안 먼저 내려간 몇 명과 걸음이 늦다며 쉬지 않고 서둘렀던 분까지 모두 지나친 걸음은 쉼 없이 유평리로 향한다.

길은 여전히 한가롭기만 했다. 무제치기폭포를 지나면서는 엷게 흩어져 내리던 비도 그쳐 숲의 나무들 그 머리 위로 간간이 보이던 하늘 또한 어느새 맑게 개어 이틀 전 노고단에서처럼 눈부시게 푸르렀다. 산행의 처음과 끝에서 그렇게 맑은 하늘을 만날 수 있었던 것 또한 행복이었으리라.

뒤꿈치가 아무래도 심상치 않아 걸음을 멈추고 신발을 벗어 보니 천왕봉에서 테이핑한 부분이 모두 신발에 쓸려 반쯤 벗겨졌는데도 다행히 뒤꿈치엔 물집이 크게는 잡히지 않았다.

앉은 김에 쉬어 간다고 했다. 반창고를 모두 벗겨내고 차가운 계곡물에 뜨거운 두 발을 식히고 앉았는데 누군가 바람처럼 지나간다. 내게 떠밀려(?) 길을 비켜줬던 그 아가씨다. 시간을 보니 쉼 없이 계속 쫓아온 모양이다. 그런데 처음 봤을 때와 차이가 없는 가벼운 걸음. 작은 체구로 대단하다 생각하며 멀어지는 뒷모습을 보고 있는데 갑자기 걸음을 멈추고는 나를 돌아본다.

눈이 마주쳤다. 나도 놀랐지만 그쪽은 더 많이 놀란 듯 크게 한 번 움찔하더니 이내 몸을 돌려 뛰는 듯한 걸음으로 멀어진다. 아마 내가 보고 있으리라고는 생각하지 않았으리라. 물론 나 역시 돌아볼 거라고는 생각지도 못했으니까 말이다! 아무래도 내가 신경이 쓰이나 본데 며칠 깎지 못한 수염 때문에 산적으로 보였을 리는 만무할 테니 별다른 이유라기보다는 그저 한적한 산중에서 썩 부드럽지 않은 인상의 청년과 마주친 것이 조금은 부담스러워 그런 것이리라 믿기로 한다. 어쨌건 아까처럼 쫓고 쫓기는 난처함은 없었으면 좋으련만.

다시 등산화를 신기가 조심스럽다. 차가운 물로 식힌 두 발은 한참을 쉬어 다시 힘을 얻었으나 뒤꿈치의 물집이 더 이상 커지지 않게 붙여줄 반창고가 떨어졌으니 자꾸 걱정이 되는 것이다. 하지만, 그렇다고 마냥 앉아 있을 수는 없는 일, 새 양말을 두 켤레 겹쳐 신고 등산화 끈을 조금 헐겁게 묶어 천천히 걸어 본다.

걱정했던 것만큼 아프지 않은 뒤꿈치. 두 발은 이내 제 걸음을 되찾는다.

뜨거운 햇볕. 이제 길 위엔 비를 대신해 나뭇잎 사이로 부서져 내리는 햇살로 눈부시다. 어느새 쏟아진 땀으로 흥건하게 젖은 옷은 무겁게 몸을 휘감고, 숲을 가득 메운 후덥지근한 열기에 발길이 휘청거리지만 오랜 장마 뒤에 태양을 만난 해바라기의 기분이 이럴까? 뜨거운 여름의 한낮에 지리를 걷는 가슴은 결코 다른 날에 비할 수 없다.

다시 마주치지 않기를 바랐는데, 물집 잡힌 뒤꿈치가 신경 쓰여 통증이 심해지기 전에 산행을 마치려고 걸음이 조금 빨랐는지 아까 지나쳐 간 여자아이를 또 만났다. 다시 시작된 쫓고 쫓기기. 역시 얼마 지나지 않아 좁혀진 간격. 이번에는 추월을 허용하지 않겠다는 듯 더욱 빠른 걸음으로 나를 떼어 놓으려 하기에 굳이 앞서 갈 마음이 들지 않아 약간의 거리를 두고 내 걸음을 걸었다.

몇 번인가 오르내린 가파른 언덕, 길을 막고 선 작은 바위들. 얼마를 그렇게 걷다가 너무 붙어 쫓는 것 같아 걸음을 늦추는데 이 친구, 갑자기 한쪽으로 비켜서며 가쁘게 숨을 몰아쉬고 길을 터주었다.

나 역시 힘겨운 걸음. 그리고 차마 그냥 지나치기 미안한 마음에 나 또한 멈춰 서서 천천히 가려 하니 먼저 가라고 한마디 건넸다. 그러자 나를 빤히 쳐다보며 그렇게 쫓아오는데 어떻게 앞에 가느냐는 퉁명스러운 대답. 생각지도 못했던 그 대꾸에 서로 얼굴만 쳐다보다가 누가 먼저랄 것도 없이 픽하고 웃음을 터트렸다.

새벽에 세석에서 출발했다는 20대 초반의 작은 체구를 가진 경상도 아가씨. 혼자서 화엄사에서 시작해 세석에서 1박하고 천왕봉을 거쳐 대원사로 향하고 있는 중이었다.

화대종주를 1박으로? 놀란 내가 대단하다고 엄지를 치켜세우자 아저씨 속도엔 자신도 못 맞추겠다며 도리어 고개를 젓는데 아저씨라는 소리에 살짝 기분이 상한다. 하지만, 산행하면서 겪는 낯선 이들과의 만남이 항상 그러하듯 지금 이 순간도 언젠가는 추억으로 기억되리라.

그렇게 숨을 돌리며 몇 마디 얘기를 더 나눴다. 얼마 남지 않은 길도 즐겁고 행복한 산행이 되라며 서로 격려를 하고 이젠 정말 천천히 쉬엄쉬엄 가겠다는 경상도 아가씨를 남겨 두고 먼저 걸음을 옮겼다.

조금씩 무거워지는 걸음. 어느새 치솟듯 높아진 기온에 정말 견딜 수 없을 만큼 더워져 계곡에 몸을 던졌다. 조금은 으슥한 곳. 처음이었던 알탕. 하지만, 길에서 많이 떨어지지 않아 차마 옷은 벗을 수가 없었다.

8월 3일 12시 3분.

물에 들어간 지 5분쯤 지나자 더위는 금세 사라지고 도리어 감기를 걱정할 정도로 물이 어찌나 차가운지 몇 분을 채 버티지 못하고 물 밖으로 나왔다. 뼈까지 시릴 만큼 차갑던 계곡물. 하지만, 언제 또 이렇게 지리산에서 알탕을 하랴 싶어 물속에 들어갔다 나오기를 반복하며 한여름에 오들오들 떨면서도 혼자 신나게 물놀이를 했다. 이러다 진짜 감기몸살이라도 걸리면 어쩌나 하는 걱정이 들었지만, 그 걱정은 그때 가서 하기로 하고서.

8월 3일 12시 35분.

배고픔은 이제 아픔으로 변했고 한기에 몸까지 으슬으슬 떨렸다. 한여름의 오후라 해도 찬 물속에서 오래 있은 데다 옷까지 모두 흠뻑 젖었으니 당연했으리라. 체온이 더 떨어지기 전에 젖은 옷을 갈아입어야 했지만, 다시 걸으면 이

내 더워질 테니 식사를 할 식당에서 샤워를 하고 옷을 갈아입기로 하고 상의만 벗어 물기를 짜낸 후 서둘러 유평리로 향했다.

춥다. 한참을 걸어도 가시지 않는 추위. 아무래도 옷을 갈아입었어야 했다고 후회하는 순간 갑자기 숲이 끝난다.

끝나버린 산행. 그렇게 갑작스럽게 끝난 산행에 성취감보다는 진한 아쉬움이 몰려왔다. 아니, 허탈하기까지 했던 가슴. 추워 떨던 몸도 눈앞의 식당과 포장된 임도가 전혀 반갑지 않았던지 차마 길에 내려서질 못하고 한동안 멍하니 숲을 돌아보고 있었다.

벌떡이는 심장과 아려오는 가슴. 지나온 길 위의 모든 것들이 눈물겹게 그리워 가슴은 다시 지리의 능선을 한 발 한 발 되짚어 오른다.

8월 3일 12시 43분.

유평리. 지리산 종주를 마친다. 대원사까지는 더 가야 하지만 유평리부터 대원사까지는 모두 포장된 도로. 때문에 실질적인 산행은 유평리에서 끝이 나는 것이다.

숲을 벗어나 처음으로 만난 식당의 평상에 배낭을 내려놓고 앉았다. 야외에 놓인 평상과 테이블에서 식사를 하고 있는 사람들을 보니 더욱 배고프다. 하지만, 메뉴에는 혼자서 먹을 만한 것이 없어 어떻게 할까 고민하는데 메뉴판을 갖고 온 주인아주머니가 날 위아래도 훑어보더니 일단 샤워부터 하란다.

'에라, 모르겠다. 일단 씻고 보자.'

온몸을 감고 있던 끈적이는 더위와 땀을 모두 씻어 버리고 뽀송뽀송한 옷으로 갈아입었다. 뭉게뭉게 흰 구름. 그 구름 사이로 뜨겁게 내리쬐던 태양, 그리고 파란 하늘. 활짝 갠 날씨처럼 몸도 마음도 모두 날아갈 것만 같았던 그때, 세상에서 나는 제일로 행복했다.

씻고 나온 내게 주인아주머니가 일행이 몇 명이며 무엇을 먹을지 묻는다.

'그래, 혼자 먹을 수 있는 메뉴가 없었지!'

혼자인데 마땅한 것이 무엇이냐 물었다. 역시 혼자 할 만한 식사는 없다고 난감해 하면서도 어서 주문하라는 눈빛의 아주머니. 하지만, 조금 있다가 주문하겠다고 아주머니를 돌려 세우고 샤워하기 전에 눈여겨보았던 옆 평상의 아저씨 두 분한테 염치없는 부탁을 했다.

'혼자 왔고, 배는 무지하게 고파 움직일 힘도 없는데 이곳에는 혼자 할 만한 식사가 없으니 죄송하지만 함께 식사하고 제 밥값만 따로 계산하면 안 되겠느냐.'고.

두 분이서 잠깐 마주보더니 그중 연장자로 보이는 분이 웃으며 고개를 끄덕이셨다. 얼마나 고맙던지. 그런데 무엇을 드시겠느냐고 묻는 내게 어서 앉으라며 벌써 백숙 두 마리를 주문했으니 달리 주문할 필요는 없다고 하시는 것이었다.

두 마리나? 한 분이 한 마리씩 드시려 했냐고 놀라는 내게 웃으며 하신 말씀이, 산에서 만나 함께 비박하면서 산행한 사람이 둘 있는데, 그분들이 조금 늦어져 먼저 주문한 것이라며 다섯이 먹어도 충분할 테니 걱정 말라 하신다. 이렇게 고마운 분들이 어디 있을까.

사람과 사람을 이어주는 산. 역시 산은 사람들을 이어주는 뭔가가 있다. 산에서 만나는 사람들은 남녀노소를 막론하고 이렇듯 따뜻한 마음으로 타인을, 서로를 배려하니 말이다.

여름날의 뜨거웠던 오후. 햇살 가득한 하늘 아래 푸른 그늘이 드리워진 평상에 앉아 지리산 종주를 얘기 나누는 사이에 푸짐하게 차려진 백숙과 때 맞춰 도착한 두 분. 그 유쾌하고 즐거웠던 2박 3일의 마지막에서도 낯선 사람들과 오랜 친구처럼 사이좋게 화대종주를 마무리 짓는다.

오를 때는 분명 혼자만의 산행이었다. 하지만, 산행하는 내내, 그리고 산행을 끝낸 지금도 결코 혼자만의 산행은 아니었음을 따뜻해진 가슴이 내게 말한다. 지리의 능선을 걷는 동안 스쳐 지나가며 인사를 나눈 많은 사람들. 내게 따뜻한 마음을 나눠준 고마운 분들. 부디 그 모든 이들의 산행이 늘 건강하고 행복할 수 있기를 소망해본다.

오랫동안 가슴에 품어왔던 지리산 종주를 마쳤다. 하지만, 무엇 때문에 그렇게 그 길을 걷고 싶어 했던 것인지 나는 알지 못한다. 무엇이 그토록 그 길 위에

서고 싶게 했는지 여전히 나는 알지 못한다. 무엇이었을까, 지리의 그 능선을 그렇게도 가슴에 품게 했던 것은.

그 길에서 만나는 자유! 어쩌면 한 가지 정도는 이미 알고 있는 것인지도 모르겠다. 그 길 위에서 만나는 자유, 그 완벽한 자유 때문이라고!

나는 길을 꿈꾸고 길은 다시 산을 꿈꾼다. 나는 그렇게 산이 꾸는 꿈이다.

사족 하나. 내게 식사를 함께할 수 있게 허락해준 두 분은 애기를 나누다 보니 벽소령에서 아침에 밥과 찌개를 코펠째 주고 가셨던 분들이었다. 그 밥과 찌개 덕분에 아주 훌륭했던 아침이었는데……. 사람의 인연은 정말 알다가도 모를 일이다.

　다시 길 위에서 길을 잃었다. 안개에 갇혀 몽유하듯 지낸 날들이 스러지는 안개처럼 사라져버렸다. 꿈이었을까? 두 발의 상처들과 두 손에 남은 이 아득한 향기는 그저 꿈이란 말인가? 다시 산으로 가자. 무심히 놓여 있는 돌멩이라도 되어, 가볍게 일렁이는 바람이라도 되어 그저 말없이 영원을 꿈꾸듯 산을 꿈꾸자.

　고마운 사람들. 이 길 위에서 만난 아름다운 이들이 나를 행복하게 한다.

　사랑하는 가족과 영원한 나의 사부이실 한국등산연합회 김주연 국장님. 씩씩한 기분파 이명순 대장님. 친구처럼 허물없이 대하며 아껴주시는 멋쟁이 김춘성 형님. '산이 꾸는 꿈'의 착하고 예쁘고 잘생긴 후배들. 신현기 대장님과 산행마다 유쾌함을 잃지 않으시는 대간 6기 거북이 클럽 사장님들. 서울 산악회의 진수한 회장님, 신 대장님, 김 총무님. 그리고 그 외에도 많은 행복을 나누어주신 모든 분께 마음 깊이 감사를 드리고 또한, 이렇게 용기를 낼 수 있게 도와주신 강영란 님, 이진호 실장님, 많은 시간 사진 정리를 도와주며 툴툴대던 진영이와 마지막까지 수고해준 와이겔리 대표께도 깊은 감사를 드린다.

이제 겨우 시작했을 뿐, 내 걸음은 멈추지 않을 것이다. 다시 산을 찾고, 늘 그렇듯이 길 위에서 세상과 가슴을 나누며 내 영혼은 자유로우리라.

산으로, 들로 혼자 떠도는 나를 그래도 곁에서 묵묵히 지켜준 정란에게 내 사랑과 함께 이 책을 바친다.

지금 다 걷지 못한 그 길,

산을 걷다

ⓒ조원구, 2009

1판 1쇄 발행 2010년 1월 18일
1판 2쇄 발행 2010년 2월 22일

글·사진 조원구
펴낸이 조동욱

펴낸곳 와이겔리
등록 2003년 5월 20일 제300-2003-94호
주소 110-320 서울시 종로구 낙원동 58-1 종로오피스텔 1211호
전화 (02)744-8846
팩스 (02)744-8847
이메일 info@y-gelli.com

인쇄 삼광프린팅

ISBN 978-89-94140-01-8 03810

＊책값은 뒤표지에 있습니다.
＊잘못 만들어진 책은 바꿔 드립니다.